KB253130

그 누구에게도 의지하지 마라

그 누구에게도 의지하지 마라

슈카이브 지음

삶을 통해 전지적 사랑과
평등을 배우다

이 책은 내가 20대 후반에 썼던 단편소설들을 묶은 것이다. 다른 사람들에 비해 월등하게 나은 것이 하나 없던 내가 꿈 하나만을 바라보며 고군분투하던 그때 느끼고 깨달았던 것들을 담았다. 남들은 쉽게 가지는 것을 나는 피나는 노력을 해야 했다. 지금에 와서 생각해보면 내가 이룬 것들 가운데 어느 하나 쉽게 얻은 것은 없었다.

내게 시련과 역경은 스승과 같았다. 그것들은 거짓 없이 내게 부족한 것이 무엇인지, 넘치는 것이 무엇인지, 다듬어야 할 것이 무엇인지 깨닫게 해주었다. 시련과 역경은 내게 결코 친절하지도, 자상하지도 않았다. 오히려 세상에서 가장 엄한 스승이었다. 그러나 인생에서 가장 명확한 스승이었다. 지금의 내가 있을 수 있는 이유다.

나는 세상의 모든 사람들에 대한 차별 없는 사랑과 평등, 상생과 평화가 실현되는 날이 오기를 바란다. 그러기 위해서는 눈에 보이는 것들보다 눈에 보이지 않는 것들에 마음을 두고 살아야 한다. 이곳에서 살면서 신성을 저버리지 않으며 내면의 천국을 이룬 자가 죽어서도 천국에 갈 수 있다.

나는 알고 있다.
삶이란, 물질 체험을 통해 카르마를 정화하고 해소하며 영적 성장을 향해 나아가는 여정이라는 것을….

슈카이브

CONTENTS

그 누구에게도
의지하지 마라

마음을 밝혀주는
꼬마전구

지현은 일이 손에 잡히지 않았다. 맞은편에서 들려오는 자판 두드리는 소리, 박 선배와 김 선배가 소곤대는 소리, 이따금씩 바닥에 긁히는 데스크의 의자 바퀴 소리…… 모든 것이 성가시게 느껴졌다. 지금 이 순간 지현은 세상의 모든 소리들이 자신의 귀를 후벼파는 것 같았다. 인내심의 한계에 도달한 지현은 하마터면 자신도 모르게 "그만!" 하고 크게 소리칠 뻔했다.

"휴우~"

자리에서 일어선 지현은 화장실로 향했다. 대충 손을 씻은 뒤 거울을 들여다보니 통통하던 얼굴이 며칠 사이에 핼쑥하고 초췌해졌다. 얼굴을 보고 있으려니 자신이 더욱 초라하게 느껴져 눈물이 볼을 타고 흘러내렸다. 이렇게 시작된 눈물은 몇 분이 지나도록 멈출 줄 몰랐다. 그러다 지현은 울음을 터뜨리고 말았다.

지현은 혹시라도 누가 들을까 봐 수돗물을 틀어놓았다. 흐느낌은 떨리는 목소리와 섞여 절규로 변했다.

"김민우, 네가 어떻게 그럴 수 있어? 나한테……."

"너는 사람도 아니야. 사람이라면 어떻게 너 하나만 바라봐 온 나에게 헤어지자고 할 수 있어?"

지현은 파도에 무너지다 끝내 휩쓸리고 마는 모래성처럼 슬픔에 젖어 그 자리에 주저앉고 말았다. 민우에게서 헤어지자는 말을 들었을 때 이미 세상은 암흑이었고 절망이었다. 벼랑으로 질주하는 브레이크가 고장난 자동차였다.

ㅁㅁㅁㅁㅁㅁㅁ ㅁㅁㅁ ㅁㅁㅁ

며칠 전, 지현은 퇴근 후 자주 가던 커피숍에서 민우를 만났다. 그날따라 민우의 얼굴은 어두웠고, 마치 딴사람 같았다. 지현은 그동안 잡지사 일이 바빴던 탓에 자주 볼 수 없어 민우가 화가 난 거겠지 하고 생각했다.

민우는 지현을 보면서도 단 한 번도 웃지 않았다. 민우가 웃지 않는다는 것은 무언가 잘못되었거나 기분이 좋지 않다는 뜻이었다. 항상 얼굴에 웃음이 가득한 사람이 바로 민우였기 때문이다.

차가운 표정을 하고 지현이 민우에게 물었다.

"민우 씨, 오늘 좀 이상하다. 무슨 일 있어?"

"아…… 아니. 그…… 그냥……."

민우는 아니라고 대답했지만 그의 표정은 그렇지 않았다. 지현은 그동안 민우에게 잘해주지 못했던 벌로 맛있는 저녁을 사주려고 마음먹었었다. 하지만 민우의 어두운 얼굴을 보자 그 말이 입 밖으로 나오지 않았다.

지현은 손을 들어 웨이트리스를 불렀다. 다가온 웨이트리스에게 커피 두 잔을 주문했다. 그때까지도 민우는 아무 말도 하지 않고 창밖으로 밤거리를 지나다니는 행인이나 자동차만을 응시하고 있었다.

왠지 모르게 지현은 불길한 예감이 들었다. 마치 영화나 드라마에서 이별을 말하고자 하는 연인이 괜히 분위기를 잡는 것 같은 그런 느낌이었다.

'오늘따라 민우 씨 이상하네. 설마 그런 건 아니겠지.'

지현은 애써 불길한 예감을 지우려고 노력했다. 그래서 민우를 보고 미소를 지어 보이기도 하고 요즘 유행하는 유머도 들려주었다. 그러나 민우는 웃지 않으려고 각오한 사람 같았다. 지현의 모든 노력이 허사였다.

그 순간 지현은 얼마 전에 함께 영화를 보기로 한 약속이 떠올랐다.

'아 맞다. 함께 영화를 보기로 해놓고 깜박했네. 혹시 그 약속을 잊어버려 민우 씨가 화가 난 걸까?'

'차라리 그랬으면 좋겠다.'

지현은 영화를 보기로 한 약속을 오늘까지 잊고 있었다. 그날 민우에게서 전화라도 걸려왔으면 어떻게든 시간을 만들었을 텐데……. 사실 잡지사를 옮긴 뒤 반년 동안 눈코 뜰 새 없이 바빴다.

게다가 동료 기자 한 명이 다른 곳으로 옮기는 바람에 더 바빠진 것이었다.

지현은 기어들어가는 목소리로 말했다.

"민우 씨, 정말 미안해."

민우는 퉁명한 어조로 물었다.

"뭐가?"

"저번에 함께 영화 보기로 한 거 말이야. 그 약속 못 지켜서……."

민우는 여전히 냉랭한 말투로 대답했다.

"괜찮아. 언제 우리 사이에 약속이나 있었는지 싶다."

지현은 미안한 마음에 애교를 섞어가며 말했다.

"민우 씨가 날 좀 이해해줘. 그땐 정말 마감 때문에 깜박했어."

"……."

"내가 입이 열 개라도 할 말이 없네. 내가 죽일 년이지."

민우는 엷은 미소를 띠며 말했다.

"아냐, 극장 앞에서 한 시간 동안이나 올 생각도 없는 너를 기다린 내가 한심한 놈이지."

그러곤 잠시 지현과 민우의 대화가 끊겼다. 그때 민우는 커피를 한 모금 들이켰다. 지현도 마땅히 할 말이 떠오르지 않아 애꿎은 커피만 마셨다. 커피는 식어 있었고 입안 가득 싸늘한 냉기가 감돌았다.

잠시 후 민우가 물로 입을 헹군 뒤 말했다.

"잡지사 일이 그렇게 중요해?"

지현은 되물었다.

"민우 씨, 그런 말이 어딨어?"

"나보다 잡지사 일이 더 중요하니까 영화 보기로 한 거랑 동생 집들이에 함께 가기로 한 거랑 다 펑크 낸 거 아냐?"

민우는 호흡을 가다듬은 뒤 덧붙여 말했다.

"또, 백화점에 가기로 했던 건? 더 얘기해줘?"

민우의 말에 지현은 망치로 뒤통수를 맞은 듯한 충격을 느꼈다. 최근 들어 민우와 한 약속을 지켰던 적이 단 한 번도 없었던 것이다. 지현은 스스로 생각해도 믿기지 않았다. 그 많은 약속을 어떻게 자신이 단 한 번도 지키지 않고 넘어갔는지.

지현은 민우에게 어떤 변명도 할 수 없었다.

"미…… 안해. 정말……."

"아냐, 그런 말 듣자고 널 불러낸 거 아니니까."

민우는 잠시 지현을 쳐다보다 천천히 입을 열었다.

"지현아, 우리 이쯤에서 헤어지자. 서로의 감정이 더 나빠지기 전에 정리하는 게 나을 것 같아. 그래서 널 보자고 한 거야."

"……."

지현은 믿기지 않았다. 아무리 자신이 일에 빠져 살았다고 해도 사랑하는 사람은 단 한 사람, 민우였기 때문이었다.

민우는 물잔을 만지작거리며 덧붙여 말했다.

"나 즉흥적으로 얘기하는 거 아니야. 많이 생각한 뒤에 결정 내린 거야."

민우가 말을 마쳤을 때 지현의 눈에서는 눈물이 흘러내렸다. 가슴은 쉴 새 없이 방망이질하고 실내 조명이 모두 나간 것처럼 눈앞이 캄캄했다.

'아니야, 이럴 순 없어. 말도 안 돼.'

지현은 어떤 말이라도 해야 했다. 지금 아무 말도 하지 않으면 영영 민우를 놓칠 것 같았다.

지현은 심호흡을 한 뒤 말을 꺼냈다.

"민우 씨, 내가 민우 씨에게 소홀했던 건 사실이야. 그렇다고 민우 씨를 향한 내 마음까지 소홀했던 건 아니야."

민우는 아무 말도 하지 않은 채 여전히 창밖만 바라보고 있었다.

"내가 민우 씨를 얼마나 좋아하는지, 사랑하는지…… 누구보다 잘 알잖아."

지현의 말에 민우는 단호한 어조로 대답했다.

"아니…… 이젠 잘 모르겠어. 혼란스럽기만 해."

지현은 소리치듯 말했다.

"아냐, 민우 씨는 누구보다 잘 알고 있어. 내가 얼마나 자기를 사랑하는지……."

민우의 얼굴을 바라보며 지현이 이어서 말했다.

"지금 민우 씨는 일에만 빠져 있는 나에게 화가 나서 그러는 거야."

순간 민우는 언성을 높이며 말했다.

"내가 고작 화가 나서 그런다고? 그래, 마음대로 생각해."

말을 마친 민우는 자리에서 벌떡 일어서더니 나가버렸다.

그리고 몇 분 후 휴대전화로 문자가 왔다.

〈앞으로 일과 연애하며 잘 살아. 행복하길 바라.〉

시계는 5시를 가리키고 있었다. 써야 할 기사가 몇 꼭지나 있었지만 지현은 도무지 의욕이 나지 않았다. 그래서 오늘 오후에 잡혔던 취재도 내일 오전으로 바꾸었다. 이 일을 데스크가 안다면 당연히 난리를 칠 테지.

데스크는 연필로 무언가 열심히 쓰고 있었다. 지현은 그런 데스크를 보며 혼잣말로 중얼거렸다.

"사랑하는 남자가 헤어지자고 한 마당에 일이 손에 잡히겠냐고."

지현은 혹시나 하는 생각에 메일 수신함을 열어보았다. 민우에게서는 한 통의 메일도 오지 않았다. 그런데 초등학교 동창 영선이에게서 메일이 와 있었다.

〈이번 토요일 3시에 중학교 3학년 담임선생님을 뵈러 가는데 함께 갔으면 해. 꼭 시간 낼 거지?〉

민우에게서 이별 통보를 받은 지현은 무언가 기분 전환이 필요하다고 생각했다. 그래서 깊이 생각해볼 필요도 없이 함께 가겠다고 답신을 보냈다.

김영수 선생님은 중학교 3학년 때 고민이 있을 때마다 친구처럼 자상하게 상담해주셨던 담임이었다. 이상하게 아무리 힘들고 어렵게만 느껴지는 문제일지라도 선생님과 이야기를 하면 술술 실마리가 풀렸던 기억이 새록새록 떠올랐다.

지현은 순간 머릿속에 이런 생각이 스쳤다.

'혹시 민우와의 문제도 선생님께서 해결해주시지 않을까?'

'하지만 중학교를 졸업하고서 한 번도 찾아뵙지 않았잖아.'

지현은 졸업한 지 10년도 넘은 학교 선생님에게 그런 문제를 꺼낸다는 것은 실례가 된다고 생각했다. 모든 것을 떠나서 존경하는 선생님을 만난다는 생각만으로도 은근히 가슴에서 기쁨이 샘솟았다.

토요일 1시에 지현은 영선이를 만났다. 영선이는 중학교 동창 민주와 함께였다. 사실 지현은 중학교에 다닐 때까지만 해도 민주와도 친했었다. 그런데 다들 다른 고등학교에 다니면서 사이가 멀어졌고 지금까지 연락이 끊겼던 것이다.

지현은 처음에 민주가 서먹서먹했지만 금세 옛날처럼 친해졌다. 영선의 말로는 김영수 선생님은 현재 인천에 살고 계신다고 했다. 세 사람은 인천으로 가는 지하철을 탔다. 지현은 옛 친구들과 지하철을 타고 다른 도시로, 그것도 가장 존경하는 옛 선생님을 찾아뵈러 가는 길이 이토록 즐겁고 기쁠 줄 몰랐다.

지하철을 타고 가면서 지현은 그동안 자신이 얼마나 바쁘게 살았는지 깨달을 수 있었다. 바쁜 일상을 사느라 그동안 보지 못했던 수많은 사람들의 다양한 모습들을 볼 수 있었다.

연인으로 보이는 젊은 남녀가 귀에 이어폰을 꽂고서 서로 머리를 기댄 채 자고 있었다. 바로 옆에는 딱딱한 장정의 책을 받침 삼아 예쁜 편지지에다 편지를 쓰고 있는 여대생도 보였다. 그뿐만이 아니었다. 노약자석에는 일흔은 되어 보이는 할머니와 할아버지가 손을 꼭 잡은 채 앉아 있었다. 지현은 할머니와 할아버지가 손을 꼭 잡은 채 앉아 있었다. 지현은 할머니와 할아버지가 맞잡은 손을 보다가 자신도 모르게 두 눈에 눈물이 맺혔다. 하마터면 눈물이 흘러내릴 뻔했다. 얼른 손등으로 눈에 먼지가 들어간 것처럼 눈물을 훔쳤다.

'왜 그동안 나는 이런 모습들을 볼 수 없었던 걸까? 하기야 매일 취재다 해서 바쁘다 돌아다녔으니 그럴 여유가 없었겠지.'

잠시 후 구슬픈 하모니카 소리가 들려왔다. 하모니카의 주인공은 앞이 보이지 않는 아저씨였다. 아저씨는 중심을 잡지 못해 비틀거리며 천천히 걸어오고 있었다. 아저씨의 목에는 작은 종이 박스가 매달려 있었다. 지현은 아저씨를 보자 안됐다는 생각이 들어 천 원짜리 한 장이라도 넣고 싶었지만 부끄러운 나머지 고개를 숙인 채 아저씨가 지나가기만을 기다렸다. 그런데 그때 여섯 살쯤 되었음 직한 여자아이가 아저씨의 통에다 동전을 넣는 것이었다. 아이의 행동에 다른 사람들도 용기를 내어 아저씨의 종이 박스에 돈을 넣었다. 그 순간 지현은 아저씨가 지나가기만을 기다렸던 자신의 행동이 너무나 부끄러웠다. 이런 지현의 마음을 아는지 모르는지 영선이와 민주는 쉬지 않고 얘기하고 있었다.

이윽고 인천에 다다랐다. 세 사람은 택시를 잡아타고 선생님 댁으로 향했다. 15분쯤 흘렀을 때 선생님이 알려주신 집이 나왔다. 그 집은 작은 텃밭이 딸린 빨간 벽돌로 지은 이층집이었다. 우리가 택시에서 내렸을 때 언제 오셨는지 선생님은 환하게 웃으시며 우리 앞에 서 계셨다.

지현은 처음에는 선생님을 뵙게 되면 어색하지 않을까 걱정했었다. 하지만 10여 년이 지나 바로 앞에서 선생님을 만났는데도 어색함보다는 반가움이 앞섰다.

선생님을 따라 들어선 텃밭에는 다양한 채소들이 심겨 잇었다. 영선이 어린아이처럼 호기심 가득한 표정으로 물었다.

"선생님, 직접 키우시는 거예요?"

"그럼. 사 먹지 않고 이렇게 직접 길러서 먹으니 더 맛있는걸."

선생님의 환한 얼굴을 보다가 문득 예전이나 지금이나 별로 달라지신 것 같지 않다는 생각이 들었다. 마치 세월이 선생님만 비켜간 것 같다는 생각이 들었다.

선생님의 집은 화려하거나 사치스럽지 않았다. 오히려 그 반대였다. 시골에서 쉽게 볼 수 있는 그런 소박한 생활을 하고 계셨다.

지현이 잠시 기억을 되짚자 머릿속에 중학교 때부터 소박함을 묻어
나던 선생님의 모습이 언뜻 그려졌다.

지현은 그동안 자신에게 어떤 일이 일어났는지, 현재 무슨 일을
하고 있는지, 또 어릴 적에 얼마나 선생님을 존경했는지 이야기했
다. 그동안 마음속에 담아두고 있던 말을 표출하고 나니 항상 가슴
한구석을 짓누르던 응어리가 풀리는 것 같았다.

지현은 선생님과의 대화 속에서 그동안 느껴보지 못했던 여유
같은 것을 느꼈다. 지현은 선생님을 보며 생각했다.

'선생님은 웃는 얼굴이 정말 잘 어울리셔.'

'어떡하면 선생님처럼 웃으며 살 수 있을까?'

거실에 걸려 있는 선생님의 부부 사진을 보며 영선이 물었다.

"선생님, 사모님은 잘 계시죠?"

순간 선생님의 얼굴은 흐린 하늘처럼 어두워졌다. 선생님은 짧
은 한숨을 내쉬었다. 어느새 선생님의 두 눈에 이슬이 맺혔다. 민주
가 분위기를 바꾸기 위해 말을 돌렸다.

"선생님, 제가 어릴 때 얼마나 선생님을 짝사랑했는지 아세요?
히힛."

그제야 선생님은 엷은 미소를 띠며 말했다.

"그……래? 난 몰랐네. 하하하."

지현도 영선이와 함께 웃었다. 웃음 끝에 지현이 뾰로통한 표정
을 지으며 말했다.

"아니, 이런. 나만 선생님을 짝사랑한 줄 알았는데 아니었구나.

나쁜 것들.”

“하하.”

지현의 말에 모두들 한바탕 신나게 웃었다.

잠시 후 선생님은 오래되어 겉표지가 바랜 앨범을 가져왔다. 선생님은 천천히 앨범을 넘기며 말했다.

“이 사진 기억나? 중학교 3학년 봄 소풍 때 찍은 사진인데…….”

지현은 사진을 한참을 들여다보다 비명을 지르며 말했다.

“우와, 제가 정말 요렇게 못생겼어요?”

그러자 영선이와 민주가 한마디했다.

“내가 보기에 지금보다 이때가 더 귀엽고 예쁜 것 같은데…… 후후.”

그렇게 선생님은 세 명의 제자들에게 옛 사진을 보여주었다. 사진을 보며 지현은 선생님이 얼마나 제자들을 아끼고 사랑했는지 알 수 있었다.

그런데 잠시 후 유독 지현의 눈길을 사로잡는 사진이 있었다. 선생님은 아무것도 아닌 듯 잽싸게 다음 장으로 넘어가려고 했다. 그러나 지현이 선생님의 손을 잡으며 물었다.

“선생님, 이 사진 혹시 사모님 사진 아니에요?”

그 순간 지현은 또다시 선생님의 아픈 상처를 건드렸다는 것을 알았다. 하지만 선생님은 태연하게 대답했다.

“어…… 그래. 맞아.”

“우와! 정말 미인이시네요.”

"맞아, 양귀비가 울다 가겠어요."

선생님은 더 이상 웃지 않았다. 오히려 얼굴에 슬픈 그림자가 드리워졌다.

선생님은 낮은 어조로 말했다.

"5년 전에 암으로 죽었어. 췌장암이었지."

"……."

세 사람은 아무 말도 할 수 없었다. 그저 무언가에 세게 부딪친 듯 정신이 멍했다.

선생님이 엷은 미소를 띠며 말했다.

"함께 있을 때는 그 사람이 얼마나 내게 소중한 존재였는지 잘 몰랐는데, 막상 가고 나니까 몸서리치게 빈자리가 느껴지더라고."

"……."

어떤 말을 해야 할지 몰라 당황해하고 있는 세 사람에게 선생님이 물었다.

"그 사람이 그렇게 가고 난 뒤 나를 가장 힘들게 했던 게 무엇이었는지 알아?"

지현은 곰곰이 생각했다. 영선이와 민주도 고개를 갸웃하며 머리를 굴렸다.

지현이 말했다.

"선생님, 혹시 사모님이 남기고 간 외로움 때문인가요?"

선생님은 고개를 가로저었다.

그러자 영선이와 민주가 말했다.

“더 이상 사모님을 볼 수 없다는 생각이 가장 힘들었을 것 같아요.”

“제 생각에는 사모님의 병을 고쳐주지 못한 것이 가장 후회스러웠을 것 같은데요.”

그러나 선생님은 역시 고개를 가로저었다. 잠시 후 선생님은 앨범에 꽂혀 있는 부인의 사진을 어루만지며 말했다.

“그건 외로움도 그리움도, 병을 완치시켜주지 못한 아쉬움도 아니야.”

“……”

세 사람은 침묵을 지키며 선생님의 말을 듣고 있었다.

선생님은 세 사람을 돌아보며 말을 이었다.

“나를 가장 힘들게 한 것은 그 사람이 살아 있을 때 잘해주지 못했다는 거야. 사실 20년 이상을 함께 살면서 1년에 한 번 여행 가기도 힘들었어. 그땐 뭐가 그리 바빴는지…… 그 사람은 나와 결혼하기 전에는 틈만 나면 시골이다, 바다다 하며 전국으로 여행을 다녔지. 사실 그 사람의 취미가 여행이었거든.”

영선이 짧게 대꾸했다.

“아. 그러셨군요.”

선생님의 부인의 다른 사진을 보여주었다. 그 사진은 부인의 젊은 시절에 찍은 사진이었다.

“그러고 보면 그 사람은 여행만큼이나 영화도 참 좋아했어. 주말이면 영화를 보러 가자며 조르곤 했지. 하지만 나는 친구들과 낚

시하러 가는 것이 더 재밌었지. 그래서 꼽아보면 함께 영화를 봤던 것도 몇 번 되지 않아.”

선생님은 덧붙여 말했다.

“처음 내가 그 사람에게 청혼할 때는 다른 건 몰라도 원하는 거 다 해주고 마음 하나만큼은 행복하게 해주겠다고 약속했었지. 하지만 그러질 못했어. 모든 걸 내 위주로 생각하고 판단했으니까. 그 사람에게 잘해줄 기회가 참 많았는데…… 이젠 그 모든 기회들을 놓치고 말았어. 그 사람이 가고 나서야 내가 얼마나 어리석었는지 깨닫게 된 거지.”

말을 마친 선생님의 두 눈에는 조용히 눈물이 흘러내리고 있었다. 지현은 티슈를 뽑아 조심스레 선생님에게 건넸다.

선생님은 아까와는 다르게 밝은 목소리로 말했다.

“내가 너희들에게 꼭 하고 싶은 말이 있단다. 지금 이 순간은 다시는 돌아오지 않아. 그렇기 때문에 최선을 다해서 살아야 해. 사랑하는 사람이나 우정을 나눈 친구들에게 누구보다 진실해야 하고 최선을 다해야 한다는 것. 잊어서는 안 돼.

때로 이런 생각도 들게 마련이지. ‘그 사람이 내 사정을 이해해주겠지’, ‘다음에 더 잘해주면 되지’라고 말이야. 하지만 그렇게 생각한다면 반드시 후회하게 돼. 마찬가지로 부모님에게도 마음을 다해 효도를 해야 해. 부모님은 너희들이 생각하는 만큼 오래 사시지 못하기 때문이지.”

선생님은 강조하듯 힘주어 말했다.

“중요한 것은 지금 이 순간을 충실히 사는 거야. 그래야 인생이 주는 참 행복을 느낄 수 있고 다가오는 내일, 미래 또한 한층 더 행복해지는 법이야.”

지현은 선생님의 말을 듣는 동안 머릿속에 자꾸만 민우가 떠올랐다. 그리고 민우가 마지막으로 만나 헤어지자는 말이 자꾸만 머릿속에 맴돌았다. 지현은 선생님의 말을 듣고 나서 자신이 얼마나 민우에게 소홀했는지 깨달았다. 매번 직장일이 우선이었고 그 다음이 사랑하는 사람에게 관계된 일이었다.

'선생님 말씀처럼 나는 현재에 최선을 다하지 못했어.'

'매번 민우 씨가 나를 이해해주기를 바랐지, 내가 민우 씨의 입장을 이해해준 적은 없었어. 그래, 그때부터 우리 사이에 금이 가기 시작했는지 몰라.'

지현과 친구들은 선생님이 직접 해주시는 저녁을 먹고 늦은 9시쯤에 일어났다. 선생님은 오랜만에 본 만큼 제자들을 보내기가 아쉬운 듯 눈시울을 붉혔다. 아쉬운 마음은 지현을 비롯한 영선, 민주도 마찬가지였다.

그래서 세 사람은 집을 나서기 전 선생님에게 이렇게 말했다.

“선생님, 앞으로는 한 달에 한 번 꼭 찾아뵐게요.”

“그때도 오늘처럼 맛있는 요리 해주실 거죠? 히힛.”

그러자 선생님은 세 사람의 등을 골고루 두드려주었다. 그리고 안개꽃처럼 환하게 웃으며 말했다.

“그럼, 그러고말고. 오기만 해. 내가 다른 요리도 연습해서 맛있게 해줄 테니.”

지현은 젖은 눈으로 자신들을 바라보고 있는 선생님에게 억지로 미소를 지으며 말했다.

“선생님, 다음 달에 뵐 때까지 몸 건강하셔야 해요.”

집으로 돌아온 지현은 어떤 날보다도 깊은 잠을 잘 수 있었다.

지현은 꿈속에서 민우와 여느 연인들보다도 더 즐겁고 행복하게 보내던 시절로 돌아가 있었다. 그 시절, 지현에게 가장 소중하고 중요했던 것은 그 무엇도 아닌 사랑하는 남자, 민우였다. 꿈을 꾸는 내내 지현은 솜사탕 같은 달콤함을 한껏 느끼고 있었다.

월요일 오후, 지현은 사무실에서 민우에게 전화를 걸었다. 민우는 여전히 차가운 어조로 전화를 받았다. 지현은 얼음처럼 차가운 민우의 목소리를 들으며 순간 모멸감을 느꼈지만 꾹 참고 말했다.

“민우 씨에게 꼭 할 말이 있으니까 저녁에 만났으면 해.”

“우린 끝난 걸로 아는데 아직도 할 말이 남았어?”

“저녁 7시까지 커피숍으로 나와. 나와보면 알아. 기다릴게.”

오늘 안으로 특집 기사를 마무리해야 했다. 데스크는 힐끔힐끔 곁눈질로 지현의 모습을 살피는 것 같았다. 하지만 지현은 머릿속이 혼란스러워 일이 손에 잡히지 않았다.

지현의 머릿속에는 오로지 ‘민우 씨에게 어떤 말을 해야 금이 간 우리 사이가 회복이 될까?’ 하는 생각뿐이었다.

6시가 막 넘어갈 때 데스크가 지현에게 물었다.

"김 기자, 기사 다 끝내놓고 퇴근하도록 해."

지현은 데스크의 말에 우물쭈물 대답했다.

"……저, 아직…….."

그러자 데스크는 쥐 앞의 고양이처럼 지현을 몰아세웠다.

"저…… 아직이 무슨 뜻이야? 똑똑하게 말해봐."

그 순간 지현은 화가 치밀었다.

'장래를 약속한 남자 친구와 헤어질 판에 기사나 쓰고 있으라고?'

지현은 폭발하듯 큰 소리로 말했다.

"부장님, 지금 제게 일생일대의 중대한 일이 걸려 있거든요. 그러니 기사는 내일 오전까지 마감할게요."

순간 사무실 안을 회오리바람이 휩쓸고 간 듯했다. 동료들은 고개를 숙인 채 바짝 긴장하고 있었다.

지현은 데스크에게 강한 어조로 말했다.

"저 먼저 퇴근할게요. 오늘만 저 좀 이해해주셨으면 합니다. 만약에 저를 자른다 해도 괜찮습니다."

지현은 말을 마치자마자 바로 사무실을 나왔다.

ㅁㅁㅁㅁㅁㅁㅁ ㅁㅁㅁ ㅁㅁㅁ

지현이 커피숍에 도착했을 때는 7시 10분 전이었다. 지현은 화장실에서 화장을 다시 하고 옷매무새를 고쳤다. 거울에 비친 자신의 모습을 보며 웃었다. 아까 데스크에게 했던 말이 떠올랐기 때문이었다.

'오늘은 반드시 민우 씨와의 관계를 회복할 거야. 꼭 그래야만 해.'

지현이 화장실에서 나왔을 때 민우가 막 들어서고 있었다. 지현은 미소를 지으며 손을 흔들었다. 잠시 후 민우가 지현의 건너편에 앉았다.

지현은 최대한 부드러운 어조로 민우에게 말했다.

"어머! 민우 씨, 어쩌면 좋아? 며칠 안 본 사이에 얼굴이 반쪽이 됐네."

"나를 왜 보자고 했어? 지금 일에 파묻혀 있을 사람이……."

민우의 말투는 헤어지자고 했던 며칠 전보다 많이 누그러져 있었다. 순간 지현은 생각했다.

'하느님, 감사합니다! 역시 민우 씨는 내가 싫어서 헤어지자고 한 게 아니었어. 내가 너무 일에만 파묻혀 사는 것이 못마땅했던 거야. 휴~ 다행이다!'

민우는 냉수를 벌컥벌컥 마셔댔고 지현은 웨이트리스에게 커피 두 잔을 주문했다. 커피가 나올 동안 지현은 사랑하는 마음을 담아 민우의 눈을 들여다보았다. 그러자 민우의 얼굴이 붉게 상기되었고 민우는 민망하다는 듯 말했다.

"왜 자꾸 보고 그래? 내 얼굴에 뭐가 묻었어?"

지현은 살포시 웃으며 말했다.

“아니, 내가 그동안 잊고 살았어. 정말 정말 미안해.”

“뭐가?”

“이렇게 잘생기고 착한 남자에게 너무 소홀했다는 걸 이제야 깨달았지 뭐야.”

민우는 잠시 말이 없었다.

“……..”

지현이 애교 섞인 목소리로 말했다.

“그동안 약속 안 지키고 함께 시간 보내지 못한 거 정말 미안해. 하지만 앞으로는 그런 일 없을 거야. 내가 이 세상에서 가장 사랑하는 사람은 단 한 사람이야. 바로 민우 씨.”

민우는 비꼬는 듯한 투로 말했다.

“내가 아니라 일이겠지.”

“아니라니까요. 오라버니. 이제부터는 지금 이 순간에 함께 있는 사람에게 최선을 다할 거예요. 정말이라니까요. 히핫.”

그제야 민우는 미소를 띠기 시작했다.

“그런데 왜 갑자기 변했어? 간밤에 외계인에게 납치되어 생체실험이라도 당했던 거야?”

“참 나, 그게 아니라 지난 주말에 중학교 3학년 때 담임선생님을 뵈었어. 내가 정말 존경하는 선생님이셔. 선생님이 해주신 말씀을 듣고 나서 깨달은 것이 있어.”

지현은 어제 선생님께서 들려주었던 이야기를 민우에게도 들려주었다. 그러자 민우는 지현이 정말 달라졌다는 것을 느낄 수 있었다. 그뿐만 아니라 자신이 사랑했던 지현을 다시 찾게 되어 더할 수 없이 마음이 기뻤다.

민우는 가만히 지현의 손을 잡았다.

"이제야 원래 지현이 같아. 축하해. 다시 예전의 지현이로 돌아온 거. 하하하."

지현은 미안한 표정을 지으며 말했다.

"민우 씨, 정말 고마워. 이렇게 내 마음을 알아줘서…… 앞으로 우리 최선을 다해서 아끼고 사랑했으면 좋겠어."

지현은 식어버린 커피가 왠지 모르게 더 향기롭고 맛있게만 느껴졌다. 이런 지현의 마음을 아는지 민우도 천천히 커피를 마셨다. 창밖에서 오가는 수많은 자동차 불빛이 두 사람의 마음을 따뜻하게 밝혀주는 꼬마전구처럼 보였다.

아르바이트로 찾은
황금 열쇠

"그까짓 아르바이트나 하려고 대학 나왔냐?"

"동생 망신 그만 시키고 당장 때려치워!"

"아르바이트하는 게 뭐 어때서……."

은철은 저녁에 만난 친구들이 던져대는 말에 기분이 몹시 상했다. 은철은 작년 말에 대학을 졸업한 뒤 백화점 남성복 매장에서 아르바이트를 하고 있다. 그런 그를 보며 친구들은 언제나 뒤에서 수군거렸다. 친구들은 저마다 중소기업에서 일하거나 자신에게 맞지 않는 분야에서 일하고 있었다. 또, 몇몇은 아직 여기저기 면접을 보러 뛰어다니고 있었다.

사실 은철도 여느 친구들과 마찬가지로 아무 직장에나 들어가 일하고 싶었다. 아니 가난한 집안을 생각하면 장남으로서 조금이나마 도움이 되고 싶었다. 하지만 그럴 수는 없었다. 기금은 비록 형편이 바닥일지라도 은철은 반드시 자신이 원하는 대기업의 홍보부에서 일하고 싶었기 때문이다. 그러기 위해서는 생활비라도 벌어야 했다. 그래서 지금 임시방편으로 백화점에서 아르바이트를 하고 있는 것이다.

그는 힘들 때마다 오래전에 읽은 책에 적혀 있던 문구를 가슴에 새겼다. '자신이 가장 좋아하는 일을 하라. 성공은 즐겁게 일할 때 찾아오는 것이다.' 고작 아르바이트나 하고 있다며 무시하고 있는 친구들을 보며 은철은 다짐했다.

'두고 봐! 꼭 내가 원하는 일을 할 테니.'

3차를 외치는 친구들을 뒤로하고 집에 왔을 때 시계는 자정을 가리키고 있었다. 은철은 원래 술에 약한 체질이었다. 그걸 알기 때문에 술은 별로 마시지 않았지만 속이 좋지 않았다. 아마 기분이 나빴던 탓에 속이 받치는 것이리라. 새벽까지 은철은 화장실을 들락날락했다.

"으악! 큰일이다!"

아침에 은철이 눈을 떴을 때 시계는 8시를 향하고 있었다. 대충 씻고 아침 대신 냉수만 한 잔 마신 뒤 택시를 잡아타고 부랴부랴 백화점으로 향했다.

다행히도 영업 개점 시간 20분 전에 도착할 수 있었다. 은철은 자신이 일하고 있는 남성복 매장 곳곳을 빗자루로 쓸고 물걸레로 닦기 시작했다. 그렇게 쓸고 닦고 하자 매장 바닥은 조명 빛이 반사될 정도로 깨끗해졌다. 어젯밤에 마신 술에 아침까지 거르고 청소를 하느라 온몸에는 땀이 흥건하게 배었다.

그때 근처 매장 고참 동료들이 웃으며 한마디씩 던졌다.

"은철이 대충대충 하라고. 그런다고 누가 알아주는 것도 아닌데."

"아침부터 힘 빼서 어떻게 하루 종일 버티려고 그래."

그럴 때마다 은철은 멋쩍은 웃음으로 대답을 대신했다. 은철은 화장실에 가서 간단하게 세수를 하고 땀을 식혔다. 그 순간 어제 한 친구가 한 말이 머릿속에서 안개처럼 피어올랐다.

'동생 망신 그만 시키고 당장 때려치워!'

은철은 거울에 비친 자신의 모습을 바라보았다. 그러자 오늘따라 거친 얼굴 피부와 움푹 팬 볼이 한없이 초라하게 느껴졌다.

'과연 지금 내가 잘하고 있는 걸까?'

'정말 내가 이러려고 힘들게 공부한 걸까?'

갑자기 혼란스러워진 은철은 두 손으로 머리를 세차게 감쌌다. 그때 화장실 문이 열리더니 한 노인이 들어왔다. 물품창고 근처에서 몇 번 보았던 노인이었다. 은철은 재빨리 아무렇지 않은 듯 손을 씻고는 티슈로 손을 닦았다.

노인은 은철을 한 번 쳐다보더니 소변을 보고 나와 손을 씻었다. 건조기에 손을 비비며 노인이 물었다.

"자네, 아르바이트생이지? 그래, 일은 할 만한가?"

은철은 애써 웃으며 대답했다.

"네, 그럭저럭 할 만합니다."

그러자 노인은 차가우면서도 따뜻한 어조로 말했다.

"일은 그럭저럭…… 대충대충 해선 안 되네. 그렇게 일한다면 결코 자네에게 성공은 찾아오지 않아."

"네?"

은철이 반문했을 때 노인은 이미 화장실을 나간 뒤였다. 은철은 속으로 '정말 이상한 노인이네. 그러니 저 나이 먹도록 창고지기나 하고 있는 거겠지' 하고 생각했다.

그런데 이상한 일이 일어났다. 방금 화장실에서 보았던 그 노인이 매장 복도를 지나는데 다들 노인에게 정중하게 인사를 건네는 것이었다. 그들의 얼굴에서는 어떤 가식도 찾아볼 수 없었다. 더 놀랍게도 인사과의 김 대리까지 노인에게 먼저 고개를 숙여 인사를 하는 것이었다. 도통 모를 일이었다.

'정말 알다가도 모를 일이군. 창고지기 노인에게 깍듯이 인사를 하다니……'

'아냐, 나이가 많으니 예우를 갖추는 거겠지. 별다른 뜻이 있겠어?'

그러면서도 은철은 멀어져가는 노인의 뒷모습에서 뭔가 알 수 없는 기운 같은 것을 느꼈다. 그 기운은 딱히 말로 표현할 수 없는 것이었지만 왠지 모르게 마음은 편안했다.

여름 신상품이 줄줄이 출시되면서 매장은 손님들로 붐볐다. 주 고객은 면접을 준비하는 대학 졸업생들이나 사회 초년들이었다. 그러나 대부분은 고객들이 옷만 살펴보거나 한두 번 입어보고는 다른 매장으로 건너가 버렸다. 오늘따라 유독 더 심했다. 판매 실적이 저조하다 보니 은철은 금세 몸이 무겁고 피로해졌다.

그때 중년 여성과 젊은 대학생이 은철의 매장으로 다가왔다. 언뜻 보니 아들과 어머니 같았다.

은철은 반가운 미소를 띠며 인사했다.

"어서 오세요, 손님."

"찾는 상품이 있으세요?"

어머니가 말했다.

"아들이 내일 면접을 보는데 양복 한 벌 해주려고요. 어울릴 만한 옷을 추천해주시겠어요."

은철은 웃으며 말했다.

"아, 네, 잘 오셨습니다. 제가 추천해드리겠습니다."

은철은 최선을 다해 아들에게 맞는 양복을 골라주었다. 하지만 아들은 은철이 권해준 양복을 몸에 대보고는 시큰둥한 반응을 보였다. 순간 은철은 자신이 권해준 옷에 아들이 별 반응이 보이지 않자 당황스러웠다. 이대로 그냥 둔다면 고객의 다음 행동은 불 보듯 뻔했다. 다른 매장으로 옮겨갈 것이다.

은철은 서둘러 말했다.

"손님, 이 옷이 마음에 들지 않으시면 이 옷으로 한번 보시죠."

어머니와 아들은 여전히 마음에 들어하는 것 같지 않았다.

은철은 다리에 힘이 쑥 빠지는 것 같았다. 하지만 이 손님만큼은 어떻게든 실적을 올리고 싶었다. 그래야 아르바이트생으로서의 체면 유지가 가능할 테니.

은철은 최대한 부드러운 어조로 말했다.

"샤프한 느낌이랑 색감이 잘 어울리는 것 같은데요."

"이 옷도 방금 본 옷이랑 별반 다르지 않은 것 같은데…… 너는 어떠니?"

아들도 고개를 갸웃하며 말했다.

"응. 그런 것 같은데."

그때 옆에 서 있던 한 고참 사원이 불쑥 끼어들며 말했다.

"저…… 손님, 바깥이 많이 더우시죠? 이거 한 잔 드시고 구경하세요."

어머니와 아들은 음료수를 다 마신 뒤 이제야 살겠다는 표정을 지었다.

그때 고참 사원은 미소를 지으며 말했다.

"손님, 옷은 몸에 대보기보다 직접 입었을 때 자신에게 맞는지 안 맞는지 더 잘 알 수 있습니다. 한번 입어보시겠어요?"

고참 사원의 말에 아들은 탈의실로 들어가 옷을 갈아입고 나왔다. 거울에 자신의 모습을 비쳐보던 아들의 얼굴에는 아까와는 정

반대로 미소가 번졌다. 아들이 웃는 모습을 본 어머니 역시 기쁜 표정을 감추지 못했다.

어머니가 아들을 보며 말했다.

"아니, 그냥 몸에 대볼 때랑 이렇게 다르네."

"엄마, 입어보니까 편하고 괜찮은 것 같은데……."

어머니는 양복을 입고 있는 아들을 보며 연신 미소를 지었다. 고슴도치 엄마가 따로 없었다.

어머니가 은철에게 말했다.

"이 옷으로 할게요. 계산해줘요."

계산을 마친 어머니와 아들은 밝은 표정으로 매장을 나섰다. 이런 두 사람의 뒷모습을 보는 것만으로도 은철은 몸의 피로가 싹 가시는 듯했다.

은철은 위기를 모면하게 해준 고참 사원에게 말했다.

"선배님, 정말 감사합니다. 어떻게 그런 재치를 발휘하실 생각을 다 하셨어요?"

고참 사원이 말했다.

"나도 처음에 자네와 마찬가지로 고객들의 마음을 잘 알지 못해 실수를 많이 했었지. 하지만 '왜 그럴까?' 하고 생각하다가 그 이유를 알게 되었어. 그것은 바로 고객의 입장에서 조금 더 적극적으로 행동하지 않았다는 것이었지."

은철은 잘 이해가 되지 않았다. 옷을 파는 데도 그런 고도의 기술이 필요하단 말인가.

은철이 머리를 긁적이며 물었다.

"선배님, 제가 머리가 나빠서인지 쉽게 이해가 되지 않는데요. 조금 더 쉽게 설명해주시면 안 될까요?"

고참 사원은 사람 좋게 웃으며 말했다.

"응…… 그러니까, 방금 자네 고객은 옷을 입어보지 않고 몸에 대보기만 했지. 그런데 옷이란 건 입어봐야 자신에게 맞는지 확실히 알 수 있거든. 사람마다 체형, 즉 옷걸이가 다르기 때문에 눈으로 봤을 때 잘 어울리지 않을 것 같았던 옷도 의외로 잘 어울리고, 반대로 잘 어울릴 것 같았던 옷이 의외로 맞지 않는다는 말이지."

"아, 그렇군요."

고참 사원은 잠시 말을 끊었다가 계속해서 말을 이었다.

"무엇보다 중요한 것은 고객에 입장에서, 진심으로 배려하는 마음을 가지고 말하고 행동해야 한다는 거야. 가식적인 마음으로 대하면 누구보다 고객이 먼저 알아차리거든. 그런 배려는 하지 않는 게 더 낫겠지. 왜냐하면 고객을 조롱하는 것밖에 되지 않으니까."

그제야 은철은 고참 사원이 하는 말뜻을 이해할 수 있었다. 사실 그동안 은철은 나름대로 백화점에서 열심히 일했었다. 그런 그의 성실함은 이미 많은 사람들이 알고 있었고 칭찬이 자자했다.

은철은 그런 자신에게 또 다른 깨달음을 준 고참 사원에게 고개 숙여 고마움을 표시했다.

"선배님, 정말 고맙습니다. 놓칠 뻔했던 고객도 지켜주시고 무엇보다 제게 필요한 가르침을 주셔서요. 제가 언제 저녁 살게요."

고참 사원은 은철의 어깨를 두드리며 말했다.

"그럼 쏘는 김에 술도 한잔 어때?"

"그럼요, 당연하죠. 하하하."

□ □ □ □ □ □ □ □ □ □ □ □ □ □ □

은철은 고참 사원의 가르침을 받은 뒤 실적이 날로 좋아졌다. 그래서 다른 동료들의 부리움을 샀고 팀장으로부터는 칭찬까지 들었다.

어제는 은철에게 영업팀장이 이렇게 물었다.

"이은철 씨, 요즘 갑자기 매출이 뛰었네, 무슨 비결이라도 있어요?"

"아니에요. 그냥 열심히 하는 거죠."

은철은 이런 말을 들을 때마다 기분이 좋았다. 그래서 더욱더 열심히 하고 싶은 의욕이 넘겼다. 그런 그를 동료들은 하나같이 "일하는 게 아르바이트생이 아니라 영락없는 사원이군 그래." 하고 놀렸다.

어느 날 출근해 매장을 청소하고 있을 때 영업팀장이 찾는다는 호출을 받았다. 은철은 '아침부터 팀장님이 왜 나를 찾으시지?' 하고 궁금해하며 얼른 팀장실로 향했다.

왜 자신을 찾았는지 궁금해하는 은철에게 팀장이 물었다.

"이은철 씨, 일은 할 만해요?"

"네, 재미있습니다."

팀장은 안경을 고쳐 쓰며 말했다.

"내가 알기로는 판매직은 결코 재미있는 직업이 아닌데…… 이 상하군요. 왜 그렇죠?"

은철은 팀장의 물음에 난감한 마음이었다. '아니, 일이 재미있으니까 재미있지.' 어떻게 설명해야 하나, 적당한 말이 떠오르지 않았다.

"어…… 그러니까…… 신상품을 고객들보다 먼저 볼 수 있다는 것도 좋고요. 무엇보다 다양한 사람들을 만날 수 있어서 좋은 것 같아요. 많은 공부도 되고요."

"참 특이하군요. 하지만 신상품을 보기만 할 뿐이지, 직접 구입할 순 없는데도 즐거운가 보죠?"

팀장은 은철을 쳐다보며 물었다.

"방금 많은 공부가 된다고 했는데 어떤 공부가 되는지 이야기해줄 수 있어요? 궁금하군요."

그 순간 은철은 혼란스러웠다.

'아침부터 이런 질문이나 하려고 나를 불렀단 말인가?'

"저…… 그러니까…… 제가 하고 있는 일이 앞으로 세상을 살아갈 때 큰 도움이 될 거라고 생각하기 때문입니다. 언젠가 이런 말을 들은 적이 있습니다. '영업을 해본 사람은 어떤 일이 주어져도 굳건하게 해나갈 수 있다.' 제가 하고 있는 일이 더 나은 인생을 위한 공부라고 생각합니다. 그렇게 생각하니 일이 힘들기보다 즐겁게 느껴

집니다."

팀장은 온화한 미소를 지으며 말했다.

"그렇군요. 그거 잘됐군요. 일이 마음에 든다니. 보통 아르바이트생들은 두 달도 버티지 못하고 그만두던데…… 은철 씨는 벌써 6개월이나 버텼으니 앞으로 계속 지켜보겠습니다. 열심히 해주세요."

은철은 정말 혼란스러웠다.

'팀장님이 고작 이 말을 하려고 나를 불렀단 말인가?'

"네. 팀장님."

은철이 자리에서 일어나려고 할 때 팀장이 말했다.

"잠시만요. 할 말이 있어서 불러놓고 내 정신 좀 봐."

"아, 네."

팀장은 테이블 위에 놓인 서류를 보며 말했다.

"오늘부터 일주일간 물류창고 지원을 나갔으면 해요 갑자기 물품창고 직원 두 명이 그만두는 바람에 일손이 모자라서 은철 씨를 보내기로 했어요."

순간 은철은 머릿속이 어질어질해졌다.

'아니, 갑자기 무슨 날벼락 같은 소리란 말인가?'

'이제 겨우 판매 쪽 일에 익숙해졌는데.'

은철이 당황한 표정을 짓자 팀장이 웃으며 말했다.

"인생 공부라고 생각하고 두루두루 배워놓으면 좋을 겁니다. 물품창고 일도 해보면 그리 힘들지 않을 테니 너무 긴장할 필요까진 없어요."

은철은 아까와는 달리 기어들어 가는 목소리로 대답했다.

"……네."

"아 참, 물품창고에 가면 나이 드신 분이 계실 겁니다. 인생에 관한 공부라면 그분에게 확실하게 배울 수 있어요. 우리 백화점에서 그분을 모르는 사람은 아무도 없으니까요. 또, 모두들 그는 좋아하고 존경하고 있죠."

은철은 속으로 '혹시 그 노인 말인가?' 하고 생각했다.

은철이 며칠 전에 보았던 노인을 떠올리고 있을 때 팀장이 말했다.

"자, 딱 일주일만 고생하면 됩니다. 그 일을 무사히 마친다면 은철 씨에게 값진 선물이 주어질 테니까요. 하하."

"네. 열심히 해보겠습니다."

은철은 팀장실을 나와 계단 난간에 쭈그리고 앉아 담배를 피웠다. 또다시 전에 만난 친구가 했던 말이 머릿속을 강하게 때렸다.

'그까짓 아르바이트나 하려고 대학 나왔냐?'

담배 연기가 폐 속으로 들어가자 머릿속이 더욱 혼란스러웠다.

박스가 산더미처럼 쌓여 있는 물품창고에서 먼지나 마시려고 이곳에 아르바이트하러 온 걸까, 하는 의문이 떠나지 않았다.

ロ ロ ロ ロ ロ ロ ロ ロ ロ ロ ロ ロ ロ ロ

"영업팀에서 보낸 사람이 자네였나? 허허."

노인은 은철을 보자 이렇게 말을 건넸다. 은철은 못마땅한 표정을 지으며 인사했다

"안녕하세요? 이은철이라고 합니다. 영업팀장님의 지시를 받고 왔습니다."

노인은 막내아들을 대하듯 은철의 어깨를 두드리며 말했다.

"그래, 좀 늦었구먼. 일주일간 나를 도와주기로 했다지?"

"팀장님과 얘기를 좀 하다가…… 네."

노인은 은철에게 목장갑을 건네주며 말했다.

"먼저 여기서 어떤 일을 하는지 알려주지."

은철은 노인이 건네준 목장갑을 꼈다. 노인은 목장갑을 낀 은철의 손을 보며 말을 이었다.

"이곳이 물품창고라는 것쯤은 말 안 해도 알겠지. 자네가 나와 함께 이곳에서 할 일은 재고를 정리하는 거야. 여기저기 잔뜩 쌓여 있는 박스들 보이지? 모두 다 재고 상품들이야. 하나하나 박스를 뜯어 개수를 파악하고 난 뒤 반품 처리해야 해."

백 평도 더 되는 공간에서 노인과 단둘이 재고정리를 한다고 생각하자 은철은 갑자기 숨이 콱 막히는 것 같았다. 그러자 마음 한 구석에서 '당장 때려치워버려'라는 말이 은철을 유혹했다. 하지만 이상한 일이었다. 마음 한편으로는 자신마저 없다면 노인이 얼마나 힘들까 하는 생각이 드는 것이었다.

이런 생각에 빠져 있을 때 노인이 큰 소리로 물었다.

"이제 우리가 어떤 일을 하는지 잘 알겠지?"

노인의 말에 은철은 생각 속에서 빠져나왔다. 그런데 노인이 자신에게 어떤 말을 했는지 도무지 알 수 없었다.

'뭐라고 했더라? 하다 보면 알 수 있겠지.'

은철은 선뜻 대답부터 했다.

"네. 열심히 하겠습니다."

이렇게 해서 은철은 판매부에서 물품창고의 재고정리까지 하게 되었다. 먼저 은철이 맡은 일은 봄옷이 담긴 박스를 일일이 개봉해서 파악하는 일이었다. 옷이 차곡차곡 들어 있어서 박스 하나하나가 꽤 무거웠다. 오후가 되자 은철은 어깨와 허리, 다리 근육이 뭉쳐 통증이 느껴졌다. 그러나 올해 예순은 된 듯한 노인은 피로한 기색은커녕 가끔 휘파람을 불거나 요즘 유행하고 있는 오승근의 〈내 나이가 어때서〉를 흥얼거리며 일하고 있었다. 정말 보면 볼수록 정체를 알 수 없는 노인이었다

은철이 얼굴을 타고 흐르는 땀을 닦고 있을 때 노인이 다가왔다. 어디서 났는지 노인의 손에는 음료수 두 개가 들려 있었다.

음료수를 건네며 노인이 말했다.

"어때? 힘들지? 많은 사람들은 백화점 일 중에서 하루 종일 서서 판매하는 일이 가장 힘들다고 하지. 하지만 무거운 박스를 들고 내려야 하고 또 그 안에 들어 있는 재고를 정리하는 일이야말로 몸뿐만 아니라 골머리를 아프게 하는 일이지."

은철은 음료수를 마시며 가만히 노인의 말을 경청했다.

"하지만 세상일치고 쉬운 일이 어디 있겠나? 중요한 것은 지금

자신이 하고 있는 일을 즐겁게 즐길 줄 아는 마음이야. 힘들고 하기 싫은 일이라도 그 일 속에서 즐거운 점이나 장점을 발견하면 놀이처럼 즐거워지지.”

　말을 마친 노인은 다시 자신이 일하던 곳으로 돌아갔다. 은철은 노인이 한 말을 곰곰이 생각해보았다. 그러자 전부는 아니지만 조금은 이해가 되는 것 같았다. 노인은 오전처럼 휘파람을 불며 일하고 있었다. 노인의 얼굴에서는 조금도 힘든 기색을 찾을 수 없었다. 그런 노인을 보자 은철은 자신도 모르게 힘이 솟는 것 같았다.

□□□□□□□□□□□□□□□

　물품창고에서 하루를 보낸 은철은 다음 날 온몸이 쑤시고 아팠다. 새벽에는 여기저기 너무나 아파 잠도 제대로 잘 수 없었다. 은철은 하루 결근을 할까 생각했다.

　‘선배님에게 문자로 아파서 하루 쉬겠다고 말할까?’

　‘아니야. 그래선 안 되지. 그동안 하루도 쉬지 않고 출근했는데…… 지금 와서 그럴 순 없어. 그래, 끝까지 한번 해보는 거야.’

　은철은 자꾸만 나태해지는 마음을 다잡고 백화점으로 출근했다. 자신도 모르게 매장으로 출근했다가 지하에 있는 물품창고로 되돌아왔다. 물품창고로 이어진 지하 계단을 걸어 내려오면서 ‘습관의 힘이 이렇게 크구나’ 하고 생각했다.

　노인은 벌써부터 와서 일을 하고 있었다. 노인의 이마에는 땀이 이슬처럼 송골송골 맺혀 있었다.

은철은 노인을 보며 생각했다.

'지치지도 않나 보네, 아니면 일중독이든가.'

노인은 은철을 보고 목장갑을 낀 손을 흔들며 말했다.

"어이, 자네 왔는가?"

"아…… 네."

"그래, 어떤가. 하루 일해보니…… 여기저기 쑤시고 결리고 아프고 한마디로 지옥이지?"

은철은 허리를 만지면 대답했다.

"네…… 좀…… 아프네요. 이런 일을 해보지 않아서요."

"그래, 그럴 거야. 요즘 젊은이들은 곱게만 자라서 조금만 힘들어도 죽는다고 소리치지, 하하."

'아니 재고 정리하는 일이 조금 힘든 일인가? 후유~'

목장갑을 끼며 은철이 물었다.

"오늘도 어제 했던 일을 하면 됩니까?"

노인은 고개를 저으며 말했다.

"아냐, 오늘은 그동안 재고 정리한 박스를 저쪽으로 옮겨야 해."

"네? 어제 제가 한 일은 얼마 되지 않는데요."

"허허. 그동안 내가 한 일 말이야. 나를 따라와 보게."

은철은 노인을 따라갔다. 노인의 바로 앞에는 수백 개의 박스들이 쌓여 있었다. 어제와 마찬가지로 은철은 숨이 턱 막혔다.

"이렇게 많은 박스를 어떻게 둘이서 옮긴다는 말씀이세요?"

그러나 노인은 웃으며 말했다.

"사람이 하는 일 중에 못할 일은 없어. 다만 지레 겁먹고 하지 않아서 못 하겠다 싶은 거지. 이게 다 나 혼자서 재고 정리한 건데 믿기지 않지?"

은철은 도저히 믿기지 않았다. 어떻게 이렇게 방대한 양의 일을 혼자서 해낼 수 있단 말인가.

"정말 믿기지 않네요. 우와!"

노인은 목장갑을 낀 손으로 은철의 어깨를 두드리며 말했다.

"사람이 할 수 없는 일은 없어. 그러니 이제부터 열심히 한번 해 보자고."

말을 마친 노인은 박스를 나르기 시작했다. 은철은 잠시 노인을 쳐다보다가 함께 박스를 날랐다. 박스를 들자 여기저기에서 근육들이 아프다고 아우성을 쳤다. 하지만 일을 계속하다 보니 오히려 통증이 덜했다. 정말 신기한 일이었다.

오전 동안 분주하게 박스를 날랐지만 아직도 많이 남아 있었다. 은철은 그 자리에 주저앉아 담배 한 개비를 뽑아 물었다. 한 모금 들이마셨을 때 노인이 다가왔다. 은철은 재빨리 담배를 비벼 껐다.

"괜찮네. 그냥 피워. 힘들 때 담배만큼 맛있는 것도 없지."

"아…… 네. 어르신 담배 한 대 드릴까요?"

노인은 손사래를 치며 말했다.

"아냐, 나는 예전에 폐암으로 고생했던 적이 있어서 담배 말만 들어도 겁부터 난다네."

순간 은철은 노인의 얼굴을 쳐다보았다. 도무지 믿을 수 없었다. 폐암에 걸렸던 사람이 어떻게 이처럼 건강하고 활기차단 말인가.

"그런데 어떻게 이런 힘든 일을 하십니까? 건강에 좋지 않을 텐데요."

은철의 말에 노인이 되물었다.

"그러면 어떤 일을 해야 건강에 좋은지 물어볼까? 허허."

은철은 난감했다. 어떤 일이 건강에 좋은지 그동안 한 번도 생각해본 적이 없었기 때문이었다.

"그러니까…… 힘들지 않은 쉬운 일 같은 게 좋지 않을까요?"

"사람마다 생각은 다르겠지. 내 생각에는 세상에 건강에 좋은 일이란 없다고 생각해. 자신이 하고 있는 일에 열정을 가지고 일할 때 건강에 도움이 되는 거지. 열정을 가질 수 있다는 것은 세상에서 그 일이 가장 즐겁고 재미있다는 뜻일 테니까. 통계에도 나와 있다지, 웃으며 행복하게 사는 사람이 그렇지 않은 사람보다 장수한다고 말이야."

노인은 잠시 말을 끊고 물을 한 모금 마신 뒤 말을 이었다.

"중요한 것은 어떤 마음가짐으로 그 일을 대하는가 하는 거야. 마음먹기에 따라 즐거울 수도, 고통스러울 수도 있기 때문이지. 즐거운 마음이 든다면 천국일 테고, 그렇지 않다면 지옥일 테지."

"네."

노인이 은철에게 물었다.

"지금 하고 있는 일이 자네에게 즐거움을 주는가, 아니면 고통을 주는가?”

은철은 잠시 생각에 잠겼다가 대답했다.

“사실 저는 이 일이 그리 즐겁지 않습니다. 일일이 박스를 뜯고 그 안에 든 재고를 정리하는 일이 고통스럽게 느껴지는데요. 무거운 박스를 옮길 때마다 온몸이 욱신욱신 아파죽겠어요.”

“그래, 맞아. 하지만 이왕 일주일간 일하기로 한 거 즐겁게 해보게. 일을 즐겁게 하는 편이 더 시간이 잘 가고 보람되지 않을까?”

“네. 어르신 말씀 듣고 보니 그런 것 같습니다. 어차피 해야 할 일 즐거운 마음으로 열심히 할 생각입니다.”

말을 마친 뒤 노인은 다시 박스를 나르기 시작했다. 은철은 손목시계를 들여다보았다. 5시 30분을 가리키고 있었다. 30분 후면 퇴근이었다. 그때까지 은철은 더 열심히 하기로 마음먹었다.

ᄆ ᄆ ᄆ ᄆ ᄆ ᄆ ᄆ ᄆ ᄆ ᄆ ᄆ ᄆ ᄆ

7개월처럼 길게만 느껴졌던 물품창고에서의 일주일 중 마지막 날이었다. 은철은 다른 날보다 조금 더 일찍 집을 나섰다. 막상 오늘만 하고 매장으로 넘어간다고 생각하자 왠지 모르게 시원섭섭한 마음이 앞섰다.

‘사람들이 흔히 말하는 정이 들어서겠지.’

은철은 다른 날보다 일찍 출근했지만 노인은 벌써 작업복을 갈아입고서 나무의자에 앉아 있었다.

‘노인은 도대체 몇 시에 출근하는 걸까? 아니면 물품창고에서 먹고 자고 하는 건 아닐까?’ 갖가지 생각이 다 들었다.

은철을 보자 노인이 함박웃음을 지으며 말했다.

“오늘은 다른 날보다 일찍 나왔군 그래.”

“네. 어르신.”

“오늘이 물품창고에서 일하는 마지막 날이지?”

“더디게 갈 것 같은 일주일이었는데 후다닥 가버렸네요. 막상 오늘이 마지막이라고 생각하니 마음이 이상해요.”

노인은 인자한 표정을 지으며 말했다.

“그럴 테지. 일주일이 결코 짧은 날은 아니니까. 그동안 정이 들었나 보네. 허허.”

“그런가 봐요. 그런데 어르신, 아직 새로운 직원은 뽑지 않았나요?”

노인이 말했다.

“총무부에서 인터넷에다 구인신청을 했다고 하는데…… 요즘 젊은 사람들이 워낙 힘든 일을 피하려고 하니 사람 구하기도 쉽지 않나 봐.”

“네…… 오늘은 제가 젖 먹던 힘까지 내서 도와드릴게요. 히히.”

“하하하. 그럼 이제 슬슬 일해볼까?”

은철은 노인과 함께 박스에 담긴 옷을 분류한 뒤 서류에 기재하고 박스에 다시 담았다. 오늘은 이상하게 아무리 열심히 일해도 힘들다는 생각이 들지 않았다. 그동안 일이 숙련이 되었는지 노인보다 재고 정리 속도가 더 빨랐다.

오전이 어떻게 흘러갔는지도 모르게 후다닥 지나버렸다. 은철은 식사를 하고 와서 물품창고 한편에 마련되어 있는 휴게실에 앉아 있었다. 휴게실이라고 해보아야 네모난 테이블 하나와 의자 네 개가 놓여 있는 것이 고작이었다.

잠시 후 노인이 입에 이쑤시개를 물고 들어왔다.

"이제 한나절만 더 일하면 이 일과 이별이겠군, 그래 기분은 어떤가?"

"다시 판매부서로 갈 수 있어서 기쁩니다. 하지만 마음 한편으로는 씁쓸해요."

노인이 물었다.

"왜 씁쓸해? 속 시원하지."

"모르겠어요. 아직 새로운 직원도 오지 않았는데 어떻게 어르신 혼자서 이 힘든 일을 하실지 걱정도 되고요,"

"허허. 나는 몇 년 동안이나 이 일을 해왔네. 그러니 이젠 몸이 단련이 되었다고."

노인은 주전자에서 물을 따라 마신 뒤 계속 말했다.

"그건 그렇고. 자네 대기업 홍보부에서 일하는 게 꿈이라면서……."

순간 은철은 깜짝 놀라고 말았다. 노인에게 자신의 꿈을 이야기한 적이 없었기 때문이었다.

'아니, 노인이 어떻게 그걸 알지? 귀신이 곡할 노릇이군.'

은철이 휘둥그레진 눈으로 대답했다.

"네…… 그런데 어르신, 어떻게 아셨어요?"

노인은 웃으며 말했다.

"다 아는 수가 있지. 내 나이 예순이 넘었는데 그 정도도 모를 줄 알았는가? 허허허."

'아니 남의 꿈을 아는 거랑 나이랑 무슨 상관이 있단 말인가?'

은철은 의아했다.

"저는 어르신께 제 꿈 얘기를 한 적이 없는데요, 혹시 독심술을 하세요?"

"독심술은 무슨…… 총무부 정 팀장에게서 들었어. 그래, 왜 홍보부에서 일하고 싶은지 물어봐도 되겠나?"

"어르신, 그 대신 제 말에 웃으시면 안 돼요."

"허허, 알았네."

은철은 잠시 생각을 정리한 뒤 대답했다.

"저는 어릴 때부터 엉뚱한 상상을 잘했어요. 그래서 친구들에게 놀림을 받았고, 선생님 그리고 부모님에게 자주 혼났어요. 그런데 지금 생각해보면 저는 다른 친구들보다 상상력이 뛰어났던 것 같아요."

노인은 맞장구쳤다.

"그랬군."

"저는 대학에 다니면서 여러 가지 아르바이트를 해봤어요. 은행에서 문서 입력하는 일, 대형 문고에서 재고도서 정리하는 일, 패스

트푸드점 일도 해봤고요. 그런데 모두 제가 원하는 일이 아니었어요. 저는 뭔가…… 창조적인 일을 하고 싶었거든요. 주어진 상황에 끼워 맞추는 일이 아닌 저 자신만의 어떤 개성적인 일 같은 거요."

노인은 재미있게 은철의 말을 듣고 있었다.

"음……."

"그래서 오랫동안 제 진로에 대해 고민했습니다. 그리고 결정을 내린 것이 홍보였어요. 홍보라면 저만의 개성과 상상력을 맘껏 발휘할 수 있을 테니까요. 무엇보다 매력적인 것은 대기업일수록 홍보부의 역할이 크다는 것이죠. 아무리 질 좋은 상품을 생산한다 하더라도 그 제품을 알리는 홍보에서 진다면 그 기업은 경쟁에서 밀릴 테니까요."

노인은 은철의 이야기에 감동한 듯했다.

"자네 이야기를 듣고 있자니 자넨 홍보부보다 국회의원을 하는 게 더 나을 것 같은데."

"하하. 국회의원은 아무나 하나요."

노인은 바지 뒷주머니에다 찔러 놓은 목장갑을 꺼내며 말했다.

"내 예감에 자네 꿈이 이루어질 것 같은데…… 하늘은 스스로 돕는 자를 돕는다는 말 명심하게나."

노인의 말에 궁금한 마음이 든 은철이 물었다.

"어르신, 꿈이 이루어진다니요? 무슨 말씀이세요?"

노인은 웃음으로 대답을 대신했다.

"허허허. 시간이 지나면 저절로 알 수 있을 거네."

잠시 후 노인이 말했다.

"자네, 언젠가 엄마 잃은 아이를 찾아준 일이 있지?"

"아…… 그 일 말입니까? 그런데 어떻게 아세요?"

"자네 아직도 모르나? 백화점에서 일어난 일 가운데 내가 모르는 일은 없다는 걸 말일세. 허허."

노인은 덧붙여 말했다.

"그 후로 자네를 지켜보게 되었지. 젊은 사람이 친절하고 예의도 바르고 남을 위할 줄도 알고 됐더라고."

은철은 머리를 긁적이며 말했다.

"아닙니다. 어르신. 당연히 해야 할 일을 했을 뿐인데요."

"하지만 세상에는 당연히 해야 할 일을 하지 않는 사람이 많지. 참 가슴 아픈 일이야."

노인은 의자에서 일어나며 말했다.

"자, 이제 다시 힘을 내볼까?"

"네, 어르신."

은철은 쉬지 않고 최선을 다해 일했다. 물품창고에 내려온 뒤로 가장 열심히 일했다고 해도 틀린 말은 아닐 것이다. 가끔 땀을 닦기 위해 멈추었을 때를 빼고는 단 한 순간도 쉬지 않았다. 오로지 박스를 개봉하고 일일이 옷 품목을 기재한 뒤 다시 분류하고 박스에 담는 일을 하러 세상에 태어난 사람 같았다.

이윽고 시계가 6시를 가리켰다.

노인이 땀을 닦으며 말했다.

"벌써 오늘도 다 갔군 그래. 자네 그동안 정말 고생했어."

"아니에요, 제가 뭘요. 어르신이 더 고생하셨죠."

노인은 잔잔하게 웃으며 은철의 등을 부드럽게 두드려주었다. 은철은 노인을 보자 괜스레 눈에 눈물이 맺혔다.

노인이 미소를 지으며 말했다.

"자네, 물품창고에서 일했던 것처럼 어디에 가서도 즐겁게 일하게. 그러면 분명 자네가 원하는 인생을 살게 될 거야."

"네, 어르신. 그동안 감사했습니다. 그리고 꼭 어르신 말씀을 잊지 않고 최선을 다해 살겠습니다."

말을 마친 은철의 두 눈에는 이슬이 맺혀 있었다.

□ □ □ □ □ □ □ □ □ □ □ □ □

다음 주 월요일 은철이 출근하자 은철을 보며 주위 동료들이 수군거렸다. 잘은 모르지만 은철을 부러운 눈빛으로 바라보는 듯했다. 은철은 이런 동료들의 따가운 눈길이 사뭇 부담스러웠다.

"다들 왜 그러지? 무슨 중대한 일이라도 발표되나?"

은철은 어수선한 분위기에도 아랑곳하지 않고 매장 청소를 시작했다. 다른 날과 마찬가지로 빗자루로 매장 바닥을 쓸고 깨끗하게 빤 물걸레로 바닥을 닦았다. 청소를 마치고 나니 매장은 물론 기분까지 한결 나아졌다.

그때 영업팀장이 다가오는 것이 보였다. 팀장은 박 주임에게 어떤 지시를 내렸고, 박 주임은 곧장 판매 1팀 직원들에게 회의실로 모이라고 말했다.

어느새 회의실은 직원들로 가득 찼다. 여느 회사 회의실과 마찬가지로 사원들은 옆 동료들과 쉴 새 없이 이야기를 나누었다. 그리고 잠시 후 팀장이 서류를 들고 나타났다.

팀장은 특유의 부드러운 미소를 지으며 말했다.

"오늘 이렇게 모인 것은 기쁜 소식이 있기 때문이다. 여러분 중에 아실 분은 아시리라 생각됩니다."

팀장은 잠시 말을 끊은 뒤 은철을 바라보았다. 은철은 자신을 쳐다보는 팀장을 보며 멋쩍은 듯 미소를 지어 보였다.

팀장이 들고 온 서류를 펼치며 말을 이었다.

"모두들 아시다시피 그동안 우리 백화점은 직원들의 노력에 대해 최대한의 보상과 배려를 해주기 위해 노력해왔습니다. 그런 회사 정책의 일환으로 지난 주말 임원들은 중대한 회의를 했고 결정을 내렸습니다. 회의 내용은 홍보부에서 근무하는 것을 꿈으로 생각하는 이은철 씨에 관한 건이었습니다. 사실 그동안 임원진들은 은철 씨를 쭉 지켜봐왔습니다. 특히 물품창고에 계시는 박 이사님의 강력한 추천이 있었습니다."

팀장의 말에 은철은 얼굴이 하얗게 변하고 말았다.

"아니, 이게 꿈은 아니겠지. 내가 이 백화점의 홍보부에서 일하게 되었다고?"

은철은 책상 아래로 손을 뻗어 허벅지를 꼬집어보았다. 통증이 밀려오는 게 꿈은 아니었다. 그 순간 물품창고에서 함께 일했던 노인의 얼굴이 떠올랐다.

'헉! 그 노인이 바로 박 이사님이었단 말인가? 이럴 줄 알았다면…… 아냐, 뭐 실수한 건 없겠지.'

은철의 머릿속은 수만 가지의 회로에 얽혀 있는 듯 혼란스러웠다.

팀장이 하는 말이 귀에 들어왔다.

"회의 결과는 다름 아닌 판매 1팀에 근무하는 있는 이은철 씨를 홍보부 정식 사원으로 발령키로 했다는 것입니다. 여러분, 큰 박수로 환영해주십니다."

팀장의 말에 회의실에 앉아 있던 사람들은 모두 열렬한 박수를 보냈다. 어떤 사람은 휘파람을 불며 축하의 뜻을 보내기도 했다. 말은 마친 팀장 역시 뜨거운 박수로 환영해주었다.

그 순간 은철은 물품창고에서의 마지막 날에 노인이 했던 말이 생각났다.

"내 예감에 자네 꿈이 이루어질 것 같은데……."

그날 은철은 동료들 앞에서 이렇게 말했다.

"저에게 오늘과 같은 행운이 찾아올 줄은 꿈에도 몰랐습니다. 사실 그동안 남들은 쉽게 되는 로또복권에 5등조차 된 적이 한 번도 없을 정도로 운이 없었거든요. 그런데 오늘 이렇게 저의 꿈이었던 홍보부에서 일하게 되었으니 이보다 더한 행운은 없을 겁니다. 앞으로 제가 가진 상상력과 열정, 역량을 모두 쏟아 백화점 발전에 이바지하겠습니다."

은철이 매장 근무에서 홍보부로 옮긴 지 1년이 지났다. 그 일이 있은 뒤 친구들은 하나같이 은철을 부러워하고 은근히 시샘하기도 했다. 어떤 친구들은 아직도 자신이 원하는 직장을 찾기 위해서 동분서주하고 있고 더러는 먹고살기 위해 원하지 않는 직장에서 마지못해 일하고 있다.

은철은 이제 친구들에게 당당하게 말한다.

"나에겐 아르바이트가 하나의 기회였어. 먼저 다양한 일을 해봄으로써 내가 어떤 일을 가장 잘하고 좋아하는지 알게 되었거든. 또, 백화점 매장에서의 아르바이트가 아니었다면 지금의 나는 없었을 거야."

친구들은 은철을 그저 부러운 눈으로 바라볼 뿐이었다. 은철에게 이제 예전의 초라한 모습은 어디에도 없었다.

잠시 말을 끊은 뒤 은철은 노인을 떠올리며 말했다.

"내가 만난 인생의 스승이 그러더라고. 하늘은 스스로 돕는 자를 돕는다고 말이야."

친구들은 갑자기 무슨 뚱딴지같은 소리를 하냐는 듯이 은철을 바라보았다. 하지만 은철은 마음속으로 바랐다. 친구들도 자신처럼 진정으로 자신이 원하는 일을 할 수 있기를.

어머니의 손가락

민호는 출근하자마자 원장실 창문을 열었다. 마치 기다렸다는 듯이 포근한 봄 햇살이 쏟아져 들어왔다. 책상 위에는 유리조각 같은 햇살이 톡톡 튀고 있었다. 혹독하게 추웠던 겨울이 이제 완연한 봄 날씨로 변해 있었다.

민호는 커피를 마시며 창밖을 보라 보았다. 매일 이렇게 일찍 출근해 30분 만이라도 혼자만의 여유를 즐기며 하루를 시작하는 것이 민호의 습관이었다.

시계가 8시 50분을 가리키자 간호사들이 분주하게 진료 준비를 하고 있었다. 민호도 화장실에 갔다 온 뒤 의자에 앉아 환자를 받을 준비를 했다.

처음에 원장실을 찾은 사람은 감기에 심하게 걸린 40대 남자였다. 민호는 남자에게 처방전을 써 주며 며칠간 쉬라고 말했다. 그러자 그는 감원바람이 부는 바람에 도저히 쉴 수가 없다며 대신 약을

3일분가량 지어달라고 부탁했다.

민호는 오전 내내 환자들을 받으며 예쁘게 보냈다. 시간이 어떻게 흘러갔는지 모를 정도였다.

하지만 민호는 병원에서 환자들을 돌보는 일이 힘들게 느껴지지 않았다. 어릴 때부터 원했던 직업이 바로 의사였기 때문이다. 민호가 의사가 되고 싶었던 데는 이유가 있었다. 어릴 때 민호가 잠깐 외할머니댁에서 살 때 있었던 일 때문이다. 민호는 같은 동네에 사는 안혜진이라는 여자아이를 알게 되었다. 유독 눈이 맑고 마음이 순수했던 그 아이.

하지만 민호는 혜진에게 평생 씻을 수 없는 상처를 안겨주고 말았다. 자신의 실수로 인해, 지금도 혜진을 생각하면 미안한 마음과 죄책감에 마음이 괴롭다.

민호 부모님은 맞벌이를 했다. 그래서 부모님은 초등학교를 졸업할 때까지 민호를 시골 외할머니댁에 맡기기로 결정했다.

외할머니가 사시는 마을에는 민호와 같은 나이의 혜진이 있었다. 둘은 처음에는 서먹서먹했지만 시간이 지나면서 조금씩 친해졌다. 혜진의 부모님은 농사를 짓는 전형적인 농부였다. 혜진의 집에는 농사지을 때 쓰는 다양한 농기구들이 있었다. 이런 것들을 처음 보는 민호는 낫, 괭이, 호미, 작두가 마냥 신기하기만 했다.

민호는 초승달 모양의 낫을 가리키며 물었다.

"마치 초승달처럼 생겼네. 이거 뭐 하는 데 쓰는 거야?"

"응, 이건 풀이나 짚을 자를 때 쓰는 작두야. 우리 아버지가 소여물 끓이실 때 쓰셔. 볏짚단을 소들이 먹기 좋게 자르거든."

민호는 순간 호기심이 생겼다.

"그래? 나도 한번 해보고 싶어."

"우리 아버지가 작두 근처에는 가지 말라고 하셨는데, 딱 한 번만 해보기다."

혜진은 방긋 웃으며 말했다.

"히히, 알았어."

민호는 마당에 돋아 있는 풀을 뜯어와 작두에다 넣고 싹둑싹둑 잘랐다. 손에 조금만 힘을 주어도 풀은 간단하게 잘려나갔다. 혜진의 집에 있는 농기구 중에서 작두가 가장 가지고 놀기에 재미있었다.

그날도 민호는 여느 날과 마찬가지로 작두를 가지고 놀았다. 민호는 작두 안에다 볏짚을 밀어 넣고는 잘랐다. 작두는 쓱싹 하는 소리와 함께 순식간에 볏짚단을 동강 내었다. 민호는 처음에는 조금씩 볏짚을 작두에 넣다가 차츰 양을 많이 넣어 잘랐다. 민호가 짚을 자르자 혜진이는 대문 근처에 쌓아둔 볏짚을 민호에게 가져다주었다.

그런데 민호가 짚을 너무 많이 넣은 탓일까, 작두 손잡이를 아래로 내려도 작두 칼날은 움직이지 않았다. 여러 번 힘을 주었지만 작두는 꿈쩍도 하지 않았다. 자세히 보니 작두 칼날에 짚이 엉켜 있는 것이었다. 민호는 작두가 움직이지 않자 서서히 겁이 나기 시작했다. 순간 무서운 혜진 아버지의 얼굴이 떠올랐다. 그러자 곧 혜진이의 아버지가 논에서 돌아오실 것만 같았다. 그때 벽에 걸린 괘종시계가 종을 열두 번을 치기 시작했다. 다급한 마음에 민호는 혜진이를 불렀다.

"어떡하지? 작두가 고장 났나 봐."

민호는 잔뜩 겁에 질린 낯빛으로 말했다.

"큰일 났네. 곧 아버지와 엄마가 논에서 점심 먹으러 오실 텐데…… 어떡해?"

혜진은 훌쩍이며 울기 시작했다.

민호는 작두 칼날에 엉켜 있는 짚을 하나씩 빼내려고 안감힘을 썼다.

그때 민호의 머릿속에 좋은 생각이 떠올랐다.

"혜진아, 내가 작두 칼날을 잡고 있을 테니까. 너는 바깥에 끼어 있는 짚을 빼내. 나는 안쪽에 끼어 있는 짚을 빼낼게."

"응."

혜진은 민호 말대로 하면 작두를 고칠 수 있을 것 같았다.

그때였다. "아악!" 귀를 찢는 듯한 혜진의 비명소리가 들린 것은. 민호는 비명소리에 깜짝 놀라 작두에서 물러났다. 그러자 작두의 칼날과 짚에 붉은 피가 흥건하게 묻어 있는 것이 보였다. 그리고 땅바닥에는 잘린 손가락 세 개가 뒹굴고 있었다. 혜진의 손가락이었다. 혜진은 고통스러운지 땅바닥에 구르며 울부짖었다. 민호는 어찌할 바를 몰랐다. 혜진의 비명소리를 듣고 이웃 아주머니가 황급히 달려왔다.

잠시 후 혜진의 부모님이 급히 집으로 달려왔고 혜진은 곧 구급차에 실려 병원으로 갔다.

그날, 밤이 깊도록 혜진은 집에 들어오지 않았다. 외할머니 말씀으론 잘린 세 손가락 중에서 두 손가락은 접합수술에 성공했지만, 나머지 네 번째 손가락은 접합수술을 하지 못했다고 했다. 민호는 그날, 새벽까지 엎드려 소리 죽여 울었다. 자신이 혜진의 손가락을 잘랐다는 죄책감에 휩싸였던 것이다.

그리고 일주일 후 혜진은 병원에서 퇴원해 집으로 왔다. 왼쪽 손에는 붕대를 잔뜩 감고 있었다. 통통했던 얼굴은 살이 빠져 핼쑥했고, 표정은 침울했다. 혜진은 민호를 보자 눈을 흘기고는 아는 체도 하지 않았다.

그 일이 있고 나서 얼마 지나지 않아 민호는 다시 서울로 전학을 가게 되었다. 민호가 서울로 간 지 3년 후에 외할머니는 돌아가셨다. 그 후로 혜진의 소식을 알 길이 없었다. 병원에 아이들이 손가락이 부러지거나 다쳐서 올 때 이따금 어린 시절의 혜진의 얼굴이 떠올랐다. 그리고 언젠가 혜진을 만나게 되면 그때의 잘못을 용서해달라고 말하리라, 다짐했다.

민호가 동료들과 함께 점심을 먹은 뒤 진료실로 들어갈 때였다. 복도에는 30대 초반으로 보이는 아가씨와 머리가 희끗희끗한 아주머니가 두 손을 꼭 잡고 앉아 있었다. 언뜻 보기에 모녀인 듯했다.

잠시 후 진료실 문이 열리고 간호사가 진료카드를 책상 위에 올려놓고 나갔다. 민호는 진료카드에 적혀 있는 이름을 보고 순간 놀라고 말았다. 환자의 이름이 안혜진이라고 적혀 있었기 때문이었다. 민호는 동명이인일 것이라 생각했다. 민호는 간호사에게 환자를 들여보내라고 말했다.

"안혜진 씨, 진료실로 들어오세요."

복도에서 보았던 아가씨와 아주머니가 함께 들어왔다.

"안녕하세요."

"네. 어디가 불편해서 오셨어요?"

아가씨는 가만히 있고 옆에 있던 아주머니가 말했다.

"딸애가 어릴 때 친구들과 작두를 가지고 놀다가 그만 실수로 손가락을 세 개나 잘렸습니다. 그날 바로 병원에서 손가락 두 개는 접합수술로 붙였지만, 그런데 하나는 그럴 수 없었어요."

민호는 순간 온몸이 떨려왔다. 다리가 부들부들 떨리기 시작했고 펜을 잡고 있던 손가락도 떨려왔다.

아주머니는 딸의 손가락을 보이며 이어서 말했다.

"며칠 후면 제 딸이 결혼을 합니다. 사위 될 사람은 오랫동안 알고 지낸 사이라 극구 괜찮다고 하는데…… 하지만 딸 가진 어미로서 자꾸만 마음에 걸려서요."

민호는 그동안 짊어지고 있던 죄책감이 파도처럼 밀려왔다. 하마터면 혜진 어머니에게 자신이 어릴 때 혜진이의 손가락을 잘랐던 그 아이라고 털어놓을 뻔했다.

“그동안 딸애한테 해준 것도 없고 상처만 주었죠. 그래도 결혼 반지를 끼울 손가락만이라도 딸애한테 주고 싶어서 왔습니다. 선생님, 이 못난 어미의 마음이라 생각하시고 도와주십시오.”

민호는 혜진 어머니의 말을 들으며 바로 앞에 앉아 있는 혜진의 얼굴을 바라보았다. 어릴 때의 모습이 그대로 남아 있었다.

민호가 혜진 어머니의 말을 듣는 둥 마는 둥 하고 있을 때 아주머니가 간절한 어조로 말했다.

“그래서 말인데…… 늙고 못생긴 손이지만 제 손가락을 딸애 손가락에 접합하는 수술이 가능한지요?”

그 순간 민호도 사람인지라 아무 말도 할 수가 없었다.

민호는 잠깐 동안 생각에 잠겨 있었다. 머릿속에서 어릴 때 있었던 일들이 영화필름처럼 스쳐 지나갔다.

잠시 후 민호는 두 모녀에게 말했다. 어릴 때 자신으로 인해 받았던 혜진의 상처를 조금이라도 치유할 수 있기를 바라는 마음을 담고서.

“아주머니, 너무 걱정하지 마세요. 수술은 가능합니다. 제가 아주 예쁘게 수술해드리겠습니다. 그리고 수술비는 받지 않겠습니다. 대신 따님을 사랑하는 아주머니의 마음으로 대신하도록 하겠습니다.”

민호의 말을 들은 두 모녀의 눈에서 뜨거운 눈물이 흘러내렸다. 두 사람의 뺨을 타고 흘러내리는 눈물을 보자 어느새 민호의 눈가에도 눈물이 맺혔다. 민호는 마음속으로 혜진이 세상에서 가장 행복하게 살기를 바라고 또 바랐다.

수련회

중학교 2학년인 성은은 5년 전에 교통사고로 아버지를 잃었다. 아버지가 돌아가신 후 성은은 엄마와 단둘이 힘들게 살아왔다. 아버지가 계실 때 성은의 집은 그리 부유하지도 않았지만 또한 부족하지도 않았다.

하지만 아버지가 돌아가신 뒤 성은의 엄마는 아버지 대신 생계를 책임지기 위해 새벽부터 늦은 밤까지 식당에서 힘들게 일해야 했다. 이런 고된 노동으로 성은의 엄마는 팔, 다리며 아프지 않은 곳이 한 군데도 없었다. 새벽이면 엄마는 끙끙 앓곤 했다. 그럴 때면 엄마를 대신해서 아파줄 수 없어 성은의 마음은 너무나 괴로웠다.

햇살이 깨진 유리처럼 투명하게 비치던 어느 날이었다.

수업이 끝난 뒤 종례시간에 선생님이 학생들에게 통신문을 하나씩 나누어주었다. 잠시 후 선생님은 학생들에게 말했다.

"다음 주 목요일, 학교에서 2박 3일로 수련회를 가기로 했다! 방금 선생님이 나누어준 통신문에는 수련회 일정이 상세히 적혀 있으니 부모님께 꼭 갖다 드리도록! 이상이다!"

수련회를 간다는 선생님의 말에 순간, 반 전체가 신이 나 환호성을 질렀다. 성은도 친구들의 환호에 덩달아 신이 났다.

성은은 집 방향이 같은 친구들과 다음 주에 가는 수련회 얘기를 하며 걸었다. 무엇보다 집을 떠나 친구들과 자유를 누릴 수 있다는 것과 친구들과 한데 어울려 밤새도록 이야기를 나눌 수 있다는 것이 기뻤다.

친구들과 헤어진 뒤 집 가까이 왔을 때 성은은 통신문을 꺼내보았다. 순간, 방금 전까지 느꼈던 기쁨은 우울함으로 바뀌었다. 수련회비가 10만 3천 원으로 만만찮았기 때문이었다. 지금의 집안 형편으로 엄마가 수련비를 선뜻 주실 수 있을지 걱정이 되었다.

성은은 라면을 끓여 먹고는 시계만 쳐다보며 엄마를 기다리고 있었다.

엄마가 집에 오려면 아직 한 시간 반이나 남았다. 그동안 성은은 수련회 통신문을 보며 즐거운 상상에 잠겼다. 친구들과 함께 마음껏 깔깔대고 웃거나 밤새도록 이야기꽃을 피우는 상상만으로도 행복해졌다.

이윽고 시멘트 바닥에 끌리는 거친 대문 소리가 들렸다.

"성은아! 자니? 엄마 왔다!"

힘든 식당 일을 마치고 엄마가 돌아왔다. 엄마의 얼굴에는 피곤함이 역력했다. 며칠 새 엄마의 얼굴에 잔주름이 부쩍 늘고 수척해진 것 같았다.

성은은 엄마의 눈치를 살피며 말했다.

"엄마, 힘들지? 내가 이다음에 돈 많이 벌어서 꼭 엄마 호강시켜 줄게."

엄마는 성은의 말을 듣자 힘이 나는지 엷은 미소를 띠었다. 그러고는 외투를 벗은 뒤 씻기 위해 마당의 수돗가로 나갔다.

성은은 엄마가 씻고 올 동안 수련회를 간다는 말을 어떻게 꺼낼지 고민했다.

잠시 후 엄마가 방으로 들어왔다.

성은은 엄마에게 수련회 통신문을 내밀며 말했다.

"엄마, 이거 봐봐, 선생님이 주시더라고."

"응? 이게 뭐지? 성적표 나올 때는 아직 아닌데……."

성은은 이때다 싶어 자세하게 엄마에게 설명했다.

"엄마, 이건 수련회 통신문인데…… 학교에서 다음 주 목요일부터 토요일까지 2박 3일로 수련회를 간대."

엄마는 화들짝 놀라며 물었다.

"수련회라고?"

"응, 우리 반 애들 전부 다 가거든. 나도 가고 싶어. 엄마, 나 보내줄 거지?"

"수련회 회비가 만만찮을 텐데…… 그래, 회비는 얼만데?"

성은은 잠깐 뜸을 들인 뒤 대답했다.

"응, 그게…… 10만 원이 좀 넘어……."

엄마는 한숨을 신 뒤 방바닥에 이불을 펴며 무관심한 투로 말했다.

"성은아! 우린 아직 생활이 넉넉하지 못해, 이번 수련회 안 가면 안 되겠니? 엄마가 너무 힘들어서 그래."

순간 수련회를 갈 수 없다는 생각에 성은의 눈에선 눈물이 빗물처럼 흘러내렸다. 그러다 자신도 모르게 엄마의 마음을 아프게 하는 말을 하고 말았다.

"다른 친구들은 아무런 걱정 없이 잘만 가는데 나는 이게 뭐야? 학교에서 돈 내라고 하면 다른 친구들 다 낸 뒤에야 내고, 왜 우리는 이렇게 살아야 해? 이 지긋지긋한 집이 싫어!"

엄마는 성은의 말에 순간 화가 치밀어 냉정함을 잃은 채 되받았다.

"그래? 누군 이러고 싶어서 이러는 줄 아니? 엄마도 할 만큼 하고 있다고! 새벽부터 식당 나가서 밤까지 뼈 빠지게 일하고 있는 거 몰라서 이러는 거야?"

성은은 마음이 아팠다.

하지만 성은은 어떠한 일이 있어도 단 한 번뿐인 수련회에 친구들과 꼭 가고 싶었다. 성은은 자신의 방으로 들어가 문을 쾅 닫고는 새벽까지 울다 잠이 들었다.

반 아이들은 하나 둘 부모님에게서 수련비를 받아 와 학급 총무에게 냈다.

오후에 총무는 교탁 앞에 서서 이렇게 말했다.

"수련회 회비 다음 월요일까지 내주면 고맙겠어."

성은의 마음은 우울함과 괴로움이 뒤섞여서 수업시간에 선생님의 말씀이 귀에 들어오지 않았다. 오로지 어떻게 하면 수련회에 갈 수 있을까 하는 마음뿐이었다.

순간 좋은 생각이 떠올랐다. 지난달에 우연히 엄마의 서랍에서 15만 원이 든 통장을 보았던 것이 생각났던 것이다. '사람에게 죽어라, 하는 법은 없는 모양이야.' 성은은 집에 가자마자 엄마의 통장을 들고 나와 은행에서 찾을 생각이었다.

학교가 파하자 성은은 친구들과 함께하지 않고 곧장 집으로 왔다.

성은은 엄마의 방으로 가서 서랍을 열었다. 여태껏 한 번도 엄마의 것에 손대지 않았던 성은의 손이 부들부들 떨리기 시작했다.

하지만 죄책감보다는 수련회에 가고 싶은 생각이 더 강했다. 상은이 서랍을 열자, 서랍에는 많은 영수증들과 함께 통장이 있었다. 그리고 통장 안에는 도장이 들어 있었다.

성은은 통장과 도장을 들고 곧장 은행으로 달려갔다

그동안 은행에서 돈을 찾아본 적이 없는 성은은 창구 앞에서 머뭇거렸다. 그러자 은행 창구 직원이 성은에게 물었다.

"손님, 무엇을 도와드릴까요?"

성은은 약간 떨리는 목소리로 대답했다.

"돈을 찾으려고요."

"네, 얼마나 찾으실 거예요?"

"저…… 15만 원을 찾을 거예요."

잠시 후 창구 직원의 목소리가 들렸다.

"손님, 요청하신 15만 원 여기 있습니다. 감사합니다."

성은은 돈을 받아 들고 바깥으로 나왔다. 평소에는 눈에 띄지 않던 옷가게들이 오늘따라 유독 눈에 들어왔다.

'그래, 수련회비만 남겨놓고 나머지 돈으로 옷을 하나 하자.' 성은은 근처 옷가게에 들러 수련회 때 입을 예쁜 옷을 하나 샀다.

드디어 수련회에 가는 날 아침이었다.

엄마는 새벽 일찍 식당으로 나가고 없었다. 성은은 수련회에 갔다 오겠다는 메모지를 엄마 화장대 위에 놓아두었다. 그러고는 며칠 전에 산 새 옷을 입고 학교로 갔다.

〈엄마! 나 오늘 수련회 가거든…… 오늘 갔다가 토요일에 올 거야. 너무 걱정하지 마. 잘 갔다 올게.〉

친구들은 새 옷을 입고 온 성은을 보며 예쁘다고 칭찬해주었다.

성은을 부러워하는 친구들도 있었다. 그럴 때마다 성은은 으쓱해지고 기분이 좋았다. 사실 그동안 친구들을 보며 늘 부러워만 했기 때문이었다.

2박 3일간의 수련회 동안은 즐거웠다. 간혹 힘든 극기 훈련도 있었지만, 그 외에는 선생님들과 친구들과 한데 어우러져 노래도 부르고, 밤에 신나게 춤도 추는 등 너무나 즐거운 시간이었다. 그리고 친한 선영이와 한적한 벤치에 앉아 그동안 못했던 이야기도 나눌 수 있었다. 그런 즐거움에 빠져 있다 보니 시간은 마치 물 흐르듯이 금세 흘러가 버렸다.

성은이 수련회에 다녀와 집에 들어서는 순간, 집이 수련회에 가기 전과는 다르다는 것을 알 수 있었다.

왠지 공기가 무겁게 느껴졌고, 집이 지저분한 것도 같았다. 그동안 이렇게 지저분했던 적이 없었다. 사실, 엄마는 온종일 식당에 매여 있으면서도 틈틈이 새벽에 마당을 쓸고 집을 깨끗하게 치웠기 때문이었다.

성은의 머릿속에는 며칠 전 새벽에 엄마가 유난히 끙끙 앓던 모습이 떠올랐다. 성은은 불길한 예감에 방 안으로 급히 뛰어 들어갔다. 그런데 지금 이 시간이면 식당에 계셔야 하는 엄마가 이불을 덮고 자고 있었다. 처음에는 엄마가 몸이 불편해서 식당 일을 하루 쉬나 하고 생각했다. 그러다가 숨소리조차 들리지 않자 이상한 생각이 들었다.

잠시 후 성은은 엄마를 흔들어 깨우며 말했다.

"엄마! 나 왔다니까! 엄마, 어디 아파?"

그래도 엄마가 일어나지 않자 성은은 엄마를 억지로 일으켜 세우려 했다.

"엄마! 어디 아프냐니까!"

그러나 엄마는 아무런 기척이 없었다. 성은의 가슴이 세차게 뛰고 있다. 아무리 흔들어도 엄마는 아무런 기척이 없었다.

엄마는 숨이 멎은 지 이미 오래였다.

엄마의 머리맡에 약봉지와 많은 알약들이 흐트러져 있었다. 그리고 엄마의 오른손에는 메모지 한 장이 쥐어져 있었다. 성은은 엄마의 손에 쥐어져 있는 메모지를 펴보았다.

〈성은아! 미안하구나. 아마 네가 이 메모지를 볼 때면 엄마는 이 세상 사람이 아닐지도 모르겠구나. 몇 달 전에 몸이 많이 좋지 않아 병원에 가서 검사를 받았단다. 그랬는데 검사 결과가 위암 말기였어. 의사는 힘든 일 하지 말고 쉬라고 하는데 어떻게 그럴 수 있겠니, 가진 게 이 몸뚱이 하나뿐인데…… 어찌 보면 엄마가 참 한심스럽고 바보 같겠지? 그래도 엄만 우리 성은이를 너무나 사랑한단다. 내가 죽고 나면 너는 어떡할지 생각만 해도 가슴이 미어지는구나.

며칠 전에 엄마가 수련회 회비 주지 못해서 가슴이 아팠단다. 그때 엄마 참 미웠지? 하지만 그래도 엄마 많이 미워하지 않았으면 좋겠는데. 성은아, 엄마가 너 주려고 그동안 모아두었던 2천만 원이 든 통장이 옷장 세 번째 서랍에 있어. 우리 딸, 엄마가 아빠 돌아가시고 난 뒤 너 대학에 보내주려고 모은 돈이야. 앞으로 공부도 열심히 하고, 대학교도 졸업하고 좋은 남자 만나서 행복하게 살았으면 하는 게 엄마의 마지막 소원이란다. 엄마는 항상 성은이 마음속에 있을 거야. 너무 마음 아파하지 않았으면 한다.〉

죽음보다 강한 사랑

내가 부산의 한 종합병원 의사로 근무할 때 있었던 이야기입니다.

지금으로부터 10년 전 겨울로 접어드는 늦가을의 어느 날이었습니다. 그날은 바람이 몹시도 불었고, 가지에 힘겹게 붙어 있던 낙엽들이 하나둘 바람에 떨어졌습니다.

그때 나는 응급실을 담당하고 있었습니다. 여느 날과 다름없이 그날도 응급실에는 많은 환자들이 실려 왔습니다. 나는 잠시 숨도 돌릴 겸해서 복도에 있는 커피 자판기 쪽으로 걸음을 옮겼습니다.

그때였습니다. 사이렌을 울리며 구급차가 병원으로 급히 들어오는 것이 보였습니다. 나는 '또 교통사고 환자겠지' 하면서 속히 병원 정문 쪽으로 달려 나갔습니다.

마침 구급대원이 환자를 실은 침대를 급히 밀며 응급실 쪽으로 들어오고 있었습니다.

구급대원 중의 한 사람이 크게 소리쳤습니다.

"이 환자는 아파트 공사장 3층에서 떨어졌습니다. 아마 머리를 심하게 다친 것 같습니다."

알고 보니 그 환자는 스물여덟 살의 젊은 청년이었습니다. 아파트 공사장에서의 추락 사고로 그의 얼굴과 머리는 원래의 형체를 알아볼 수 없을 정도로 심하게 다친 상태였습니다. 검사 결과, 청년은 뇌를 다친 걸로 판명이 났습니다.

병원의 연락으로 청년의 가족들이 급하게 달려왔습니다.

나는 가족들의 수술 동의를 얻어 서둘러 수술을 시작했습니다. 수술은 생각보다 긴 시간이 흐른 뒤에야 끝났습니다. 청년이 워낙 심하게 다쳐 나는 수술을 하는 내내 힘들겠다는 생각이 들었습니다. 나와 함께 수술에 참여한 다른 의사들도 고개를 저었습니다.

나는 중환자실에서 산소호흡기에 의지하고 있는, 이미 식물인간이나 진배없는 청년을 착잡한 마음으로 지켜보았습니다. 숨을 헐떡이고 있는 청년을 보자 가엾다는 생각이 들었습니다. 스물여덟이라는 꽃다운 나이에 막노동을 하다가 사경을 헤매고 있는 이 청년을 꼭 살리고 싶은 마음이 간절했습니다.

하지만 지금의 의학으로는 도저히 그럴 수 없다는 것을 알았습니다.

나는 착잡한 마음으로 심전도를 체크하는 기계 쪽으로 시선을 돌렸습니다. 그 순간 나의 마음은 더욱 무겁게 가라앉고 말았습니다. 한참 동안 규칙적이면서 정상적이던 심장박동 곡선이 갑자기 파도 같은 웨이브 파동으로 바뀌었던 것입니다. 그때 나는 마음속으로 '아, 결국 이렇게 되고 마는구나'라고 생각했습니다.

청년의 심장박동이 규칙적일 때 나의 마음에는 그나마 기적을 바라던 마음이 있었습니다.

하지만 정상적인 심장박동 곡선은 서서히 약해지며 파도 같은 심장박동 곡선을 그리고 있었습니다. 심장박동 곡선이 불규칙하다는 것은 죽음이 가깝다는 것을 말하는 것이었습니다.

그동안 내가 경험한 환자들을 보면 심장박동이 갑자기 웨이브 파동 곡선으로 바뀌었을 때 20분 이상 넘기는 사람이 거의 없었습니다. 나는 그 청년이 곧 이 세상과 작별하리라는 것을 그동안의 경험으로 알 수 있었습니다.

나는 이 사실을 청년의 가족들에게 알려야겠다고 생각했습니다. 중환자실에서 나와 애타게 기다리고 있는 가족들에게 곧 환자가 운명할 때가 되었으니 병실로 들어와 마지막 인사를 나누라고 말했습니다.

나의 말을 들은 청년의 부모님과 누나는 그때까지 참았던 슬픔을 가누지 못하고 오열을 토했습니다. 나는 그 마음을 이해할 수 있을 것 같았습니다. 하나뿐인 아들이, 그것도 스물여덟이라는 젊은 나이에 자신들보다 빨리 세상을 등지게 생겼으니…… 나는 참을 수 없는 슬픔에 짓눌린 채 병실을 빠져나왔습니다.

잠시 후 중환자실로 들어갔을 때 가족들도 어느 정도 마음의 준비를 한 듯했습니다. 청년의 가족 외에 몇몇 친구들도 와 있었습니다. 친구들은 죽음을 목전에 두고 있는 청년의 손을 잡으며 슬피 울었습니다.

나는 나중에야 청년이 사랑하는 사람에게 웨딩드레스를 입혀주기 위해 공사장에서 막노동을 했다는 것을 알았습니다. 청년의 임종을 지키고 있는 가족과 친척, 친구들을 놓아두고 무거운 마음으로 병실을 빠져나왔습니다. 그리고 간호사에게는 심전도 파동이 멈추면 곧바로 영안실로 옮기라고 지시했습니다. 나의 말을 들은 간호사는 죽음 앞에서도 사무적인 투로 "네."라고 대답했습니다.

순간 나는 어떻게 죽음 앞에서 간호사들이 그렇게 초연해질 수 있는지 의아했습니다. 그러나 잠시 후 그동안 내가 수많은 사람들의 죽음 앞에서 얼마나 사무적이었는지 떠올리곤 그들을 이해할 수 있었습니다.

나는 그 청년을 떠나 정신없이 다른 환자들을 돌보았습니다. 한 사람에게 응급조치를 취하고 나면 또 새로운 환자가 응급실로 실려 왔습니다. 그렇게 숨 돌릴 틈도 없이 그날 밤을 보냈습니다.

나는 다음 날 출근하자마자 곧장 청년이 누워 있는 중환자실로 발걸음을 옮겼습니다. 마음속으로 지금쯤 청년은 영안실로 내려갔을 테고, 그 청년이 누웠던 침대에는 다른 환자가 있거나 빈 침대겠지, 라고 생각하며 병실로 들어갔습니다.

병실로 들어간 순간 나는 놀라지 않을 수 없었습니다. 정말 믿기지 않는 일이 일어났기 때문이었습니다. 그동안 나는 그런 일을 겪어본 적이 한 번도 없었습니다. 청년의 곁에는 여전히 가족들과 친척, 친구들이 빙 둘러 서 있었습니다. 어머니는 청년의 손을 잡은 채 좋은 곳에 가라며 기도를 하고 있는 듯 했습니다.

나는 심전도를 체크하는 기계 쪽을 쳐다보았습니다.

정말 기적적으로 청년은 하룻밤을 넘기고, 다음 날까지 조금은 규칙적인 심장박동을 유지하고 있었습니다. 이는 아직 청년이 살아 있다는 것을 말해주는 것이었습니다. 생사의 기로에 서 있는 청년을 바라보는 많은 사람들의 눈에는 슬픔이 자욱했습니다.

나는 심전도를 체크하는 기계를 본 순간 어떤 예감을 느낄 수 있었습니다. 사실 다른 의사들도 이 이야기를 듣고 고개를 갸우뚱거리며 이해가 가지 않는다는 표정을 지었습니다.

나의 마음속에는 그때까지도 꼭 청년이 다시 살아나주었으면 하는 간절한 바람이 있었습니다.

그렇게 다시 또 하루가 흘렀습니다.

다음 날 아침에도 나는 출근과 동시에 청년이 있는 중환자실로 가 보았습니다. 청년은 마치 죽은 사람처럼 가만히 누워 있었습니다.

하지만 그때까지도 청년은 마지막 생명의 끈을 놓지 않고 있었습니다. 마치 청년이 이 세상에 조금 더 버티고 있어야 하는 이유가 있는 듯했습니다.

사실 그동안 나는 TV 드라마에서 이런 장면을 본 적이 있을 뿐이었습니다. 그런데 나의 눈앞에서 그런 일이 벌어지고 있다고 생각하니 도저히 믿기지 않았습니다.

심전도를 나타내는 모니터에는 여전히 생명의 끈이 촛불처럼 흔들리고 있었습니다. 모니터를 보는 나의 마음속에는 3일 동안을 힘겹게 버텨온 청년이 더 이상 버티지 힘들 것 같다는 느낌이 들었습니다.

그때 병실 문이 열리더니 보통 키에 긴 생머리를 한 젊은 아가씨가 들어왔습니다. 화장기가 없는 얼굴을 보니 갑작스럽게 연락을 받고 급히 찾아온 듯했습니다. 나는 그녀가 죽음을 앞두고 있는 청년이 사랑하는 사람이라는 것을 쉽게 알 수 있었습니다.

그녀는 침대에 누워 산소호흡기를 달고 있는 청년을 보며 한동안 넋이 나간 듯 서 있더니 슬픔에 겨워 오열하기 시작했습니다. 그때 그 아가씨의 얼굴에 드리워진 슬픔을 보자 나조차 눈물이 고였습니다.

그러다 잠시 후, 그녀가 가만히 청년의 손을 잡아주었습니다. 그녀의 두 눈에서 다시 뜨거운 눈물이 두 볼을 타고 흘러내렸습니다. 눈물은 청년의 얼굴에 닿았습니다.

우석은 은아가 손을 잡아주자 그녀를 느낄 수 있었습니다. 그리고 사랑하는 그녀가 왔다는 것을 따뜻한 체온으로 알 수 있었습니다.

그 순간 우석의 뇌리 속에는 오늘 아침, 인력 시장으로 나가기 전에 그녀가 했던 말이 물안개처럼 피어올랐습니다.

"우석 씨. 일 너무 무리하게 하지 마. 그러다 병나면 어쩌려고 그래! 나랑 배 속에 있는 우리 아기는 우석 씨 없으면 안 돼. 알지?"

우석과 은아는 5년 동안 사귀었습니다. 우석이 은아를 집에 데려갔을 때 은아가 고아라는 이유로 아버지가 냉정하게 결혼을 반대했습니다. 은아는 우석에게 부모님의 가슴에 못을 박을 수는 없다며 헤어지자고 말했습니다.

하지만 우석은 절대로 그녀와 헤어질 수 없다는 것을 알았습니다. 어릴 때부터 부모 형제 없이 외롭게 자란 그녀의 곁에 자신마저 없다면 그녀는 약한 바람에도 쓰러지고 말 것이라는 것을 잘 알기 때문이었습니다.

그는 여러 번 아버지를 설득했지만 결혼 승낙을 받을 수 없었습니다. 그뿐만 아니라 아버지는 은아와 헤어지지 않으면 회사에서 내쫓을 거라며 엄포를 놓았습니다. 사실 우석은 아버지의 회사에서 착실히 일을 배우며 대리로 근무하고 있던 터였습니다.

하지만 우석은 사랑하는 사람을 위해 모든 것을 포기하는 쪽으로 생각을 굳혔습니다. 그는 집에서 나와 은아와 함께 동거를 시작했습니다. 아버지는 시간이 지나면 우석이 은아와 헤어질 거라는 확신에 사로잡혀 있었습니다.

하지만 우석이 은아와 함께 산다는 말에 아버지는 우석에게 부모와의 인연을 끊자고 말했습니다. 그리고 아버지는 회사에서 우석을 퇴사 처리시켰습니다.

그 후로 두 사람의 고달픈 생활이 시작되었습니다.

하지만 생활은 힘들어도 매일 함께 볼 수 있어 하루하루 마음만은 행복했습니다. 늦게까지 이야기꽃을 피우거나 밤이 늦도록 근처 공원을 거닐며 데이트했습니다. 두 사람에게는 지금까지 살아온 날들 중에서 그때가 가장 행복한 시간으로 느껴졌습니다. 그렇게 언제까지나 행복할 것만 같았습니다.

그러나 이 행복도 현실의 벽 앞에서는 흔들리기 시작했습니다.

우석은 통장에 들어 있던 돈이 바닥나자 당장 생활비를 벌기 위해 막노동을 시작했습니다.

힘든 막일을 해본 경험이 없는 우석에게는 몸이 부서지는 고통이었습니다. 그의 허리와 팔에는 늘 파스가 너덧 개씩 붙어져 있었습니다. 이런 우석의 모습을 지켜보는 은아의 마음은 생살을 찢는 듯이 아팠습니다. 자신으로 인해 우석의 인생이 나락으로 떨어진 것만 같았습니다. 은아는 우석의 허리에 파스를 붙여주는 일밖에 할 수 없는 무능력한 자신이 짐스러웠습니다.

은아는 생각 끝에 우석 곁을 떠나기로 마음먹고, 그날 작은 메모지 한 장만을 남긴 채 집을 나왔습니다.

우석이 그날도 다른 날과 마찬가지로 일을 마치고 집으로 돌아왔을 때 그를 맞이한 건 차가운 메모지 한 장뿐이었습니다.

〈우석 씨, 미안해! 나 때문에 부모님과 사이 나빠진 거…… 그리고 나 때문에 회사까지 그만두게 되었잖아. 매일 우석 씨가 막일하는 모습을 보면서 마음이 많이 괴로웠어. 더 이상은 나, 안 되겠어. 우석 씨는 마음이 여려서 내가 떠나지 않으면 절대로 나를 떠나지 못할 거야. 그래서 내가 떠나, 우리 아기 잘 키울게. 꼭 건강해야 해.
사랑해!〉

그는 그녀가 갈 만한 모든 곳을 찾아다녔습니다. 물어물어 친척 집에까지 전화를 해보고 친구들을 만나 물어보았습니다.

하지만 은아가 있을 곳을 아는 사람은 아무도 없었습니다.

우석은 저녁에 우연히 처음 은아를 만났던 한강 둔치로 나갔습니다. 두 사람이 만났던 그 장소에 다다르자 큰 가방을 안고 있는 젊은 여자가 눈에 들어왔습니다. 자세히 보니 그 여자는 다름 아닌 은아였습니다. 그렇게 해서 우석은 처음 그들이 만났던 곳에서 은아를 찾았습니다.

□ □ □ □ □ □ □ □ □ □ □ □ □ □ □

두 사람에게는 하루하루 더없이 행복한 날이 이어졌습니다. 은아 배 속에 들어 있는 아기도 건강하게 잘 자랐습니다.

우석은 은아의 배가 더 많이 불러오기 전에 웨딩드레스만이라도 입혀주고 싶었습니다. 웨딩드레스를 대여하려고 우석은 하루도 거르지 않고 일을 했습니다. 그리고 며칠만 일을 더 하면 은아에게 웨딩드레스를 입혀줄 수 있을 만큼의 돈을 모을 수 있었습니다.

사고가 있던 날도 우석은 여기저기 쑤시는 몸을 이끌고 아파트 공사장으로 나갔습니다. 그날따라 은아는 꿈자리가 뒤숭숭하다며 조심하라고 거듭 당부했습니다. 우석은 오후에 다른 한 사람과 함께 3층 난간에 안전망을 설치하라는 지시를 받았습니다.

그는 며칠 전에도 안전망을 설치해본 경험이 있었습니다. 겉으로 보기에는 위험해 보이지만 직접 해보면 그리 위험한 일이 아니라고 생각했습니다.

그는 일을 하면서 며칠만 고생하면 은아에게 웨딩드레스를 입혀줄 수 있다고 생각했습니다. 그는 지금껏 모아놓은 돈과 오늘과 내일 벌 돈을 계산했습니다. 잘하면 이번 주 안에 그녀에게 웨딩드레스를 입혀줄 수 있을 것 같았습니다. 그는 은아가 웨딩드레스를 입고서 행복해하는 모습을 상상하자 마음속에서 기쁨이 샘솟았습니다.

그러나 그때였습니다. 우석은 난간의 파이프에 기름이 묻은 것을 보지 못한 채 그만 발이 미끄러지고 말았습니다. 그 순간 짧은 외마디 비명과 함께 아래로 추락한 것이었습니다.

땅에 추락하는 순간에 우석의 머릿속에는 은아와 함께했던 추억들이 빠르게 스쳐 지나갔습니다. 단 몇 초였지만 첫 만남에서부터 그녀를 부모님에게 소개해드렸던 일, 결혼 승낙을 받지 못했던 일, 자신을 위해 은아가 집을 나갔던 일…… 이 모든 일들이 TV 채널을 아주 빠른 속도로 돌리듯 우석의 머릿속을 지나갔습니다. 그리고 우석은 의식을 잃고 말았습니다.

□ □ □ □ □ □ □ □ □ □ □ □ □ □ □ □

지금 은아가 자신의 손을 잡자 우석은 마음이 터질 것 같았습니다. 삶과 죽음의 경계에서 사투를 벌이며 버텨온 힘은 오로지 그녀를 향한 그리움 하나였습니다.

은아에게 웨딩드레스를 입혀주지 못하고 떠나는 아쉬움이 자꾸만 생명의 끈을 놓지 못하게 했습니다. 돌아서려는 발목을 자꾸만 붙들어 맸습니다.

하지만 우석은 이제 사랑하는 사람과 그 사람의 몸속에 자라고 있는 아이를 느꼈으니 행복했습니다. 조금은 마음이 홀가분해졌습니다.

우석은 은아와 아이에게 사랑한다는 말 한마디를 남기고 세상을 떠났습니다. 우석의 두 눈에서는 한 줄기 눈물이 뺨을 타고 흘러내렸습니다.

바로 그 순간이었습니다.

갑자기 청년의 심장박동을 체크하던 곡선이 서서히 느려지기 시작했습니다. 잠시 후 청년의 심전도 파동이 완전히 멈추었습니다. 그리고 심전도 모니터에 며칠 동안 이어지던 웨이브 파동이 한순간 사라져버리더니 한 줄의 직선만이 화면에 그려졌습니다. 나는 그때 청년이 이 세상을 떠났다는 것을 알 수 있었습니다.

나는 너무나 놀란 나머지 중환자실에서 도망치다시피 나와버렸습니다. 사실 나는 그동안 세상을 살면서 운명을 믿지 않는 편이었습니다. 운명이라는 단어는 사람의 편리에 따라 지어낸 변명이라고 생각했기 때문이었습니다.

　그러나 그날 내가 보고 느낀 것은 그렇지 않았습니다. 분명히 그것은 운명이었습니다. 청년이 며칠 동안 생명의 끈을 놓지 않고 버틴 것은 사랑하는 사람을 보기 위해서였습니다. 그녀와의 사랑을 이루지 못한 채 세상을 떠난다는 것이 청년에게는 죽음보다 더한 고통이었을 테니까요.

　나는 한참 후 청년의 어머니에게 그날 찾아온 젊은 아가씨가 누구인지 물어보았습니다.

　그러자 어머니는 슬픈 어조로 말했습니다.

　"아들과 결혼하려 한 며느리입니다. 애들 아버지가 아들의 결혼을 극구 반대해서 집을 나가 그동안 따로 살아왔는데, 결국 식도 올리지 못하고…… 이렇게 되고 마는군요. 지난주에 아들에게서 들뜬 목소리로 전화가 왔었어요. 며느리가 임신했다고……."

　어머니는 더 이상 말을 잇지 못한 채 흐느끼기 시작했습니다.

　청년이 세상을 떠나기 전에 찾아온 며느리의 몸속에서 청년의 아이가 자라고 있다는 것이었습니다. 나는 순간 놀라움을 금치 못했습니다. 청년은 자신의 아내와 아이에게 이 세상에서의 마지막 작별 인사를 하기 위해 죽음을 늦추었던 것이었습니다.

　나는 지금 하늘 어딘가에 있을 그 청년의 강인하고도 아름다운 모습을 본 뒤부터 사랑이 죽음보다 더 강하다는 것을 알게 되었습니다.

마지막 선물

2010년 4월의 마지막 주말.

포근한 봄 햇살이 대지를 가득 채우고 있었다. 이따금씩 꽃샘바람이 불어와 몸을 약간 움츠리게 했다. 그러나 거리를 거니는 사람들의 얼굴은 봄 햇살만큼이나 맑고 밝았다. 오랜 추위를 뚫고 찾아온 봄을 즐기려는 듯 사람들의 그림자가 바삐 움직이고 있었다.

정경도 봄을 만끽하려는 사람들 중의 하나다. 정경은 대학교 신문방송학과를 졸업한 뒤 시사를 다루는 잡지사에서 기자로 일하고 있다. 한 달 동안 2주일은 기획과 취재로 바쁘고, 또 2주일은 마감으로 눈코 뜰 새 없이 바쁜 것이 잡지사의 속성이다. 거기에다 다음호 창간 특집으로 이번 달에는 정신없이 바빴다.

이번 달에 들어서 영수를 만난 횟수가 고작해야 세 번이다. 유망한 중소기업의 총무 부서에서 일하고 있는 영수는 비교적 여유 시간이 많았다. 때문에 늘 바쁜 정경에 대한 불만이 이만저만이 아니었다. 이런 영수의 마음을 알고 있는 정경의 마음속에는 언제나 미안함이 가득했다.

정경은 오후 3시에 영수를 만나 모처럼 영화를 보고 저녁을 먹기로 했다. 그녀는 자주 만나던 하나 은행 앞에서 영수를 기다리고 있었다. 시계가 3시 5분을 막 넘어서려는 순간 뛰어오는 영수의 모습이 보였다. 언제 보아도 그의 얼굴 표정은 밝고 활기차다. 이런 그를 만나는 일은 언제나 즐겁고 행복했다. 정경은 가끔 잡지사 업무로 기분이 가라앉거나 우울할 때가 있었다. 그러나 이런 우울함은 영수의 활기찬 얼굴을 보는 순간 사라졌다.

급하게 뛰어왔는지 영수가 헉헉거리며 말했다.

"미안, 내가 먼저 오려고 했는데 또 늦고 말았네. 후후."

정경은 매번 약속 시간마다 5분가량 늦게 나타나는 그가 밉지 않다. 그리고 매번 되풀이되는 멘트조차 밉기는커녕 이런 영수의 모습이 귀엽고 예쁘게만 보일 뿐이었다.

"너, 나처럼 마음씨 좋은 여자를 애인으로 뒀으니 망정이지, 안 그랬으면 벌써 뻥 하고 차였을 거야. 요즘 여자들 여간 까다롭지 않거든. 다음부터는 내가 너보다 5분 늦게 올게. 그러면 되지?"

정경은 말을 마치고는 영수를 보며 살짝 웃었다. 영수는 미안한지 머리를 긁적이다 정경의 손을 잡았다. 그렇게 두 사람은 손을 맞잡은 채 극장으로 걸어 들어갔다. 극장 앞에는 개봉한 영화를 보려는 사람들이 즐비하게 늘어서 있었다.

두 사람은 먼저 줄을 선 후 어떤 영화를 볼지 고르기로 했다. 정경과 영수는 두 번째 줄 마지막 사람 뒤에 섰다. 10여 분이 지나서야 매표소 직원 앞에 설 수 있었다. 정경은 사랑을 다룬 영화를 좋아했고, 영수는 할리우드 액션 영화를 좋아했다. 영수는 정경이 멜로물을 좋아한다는 걸 알고 에이미 애덤스와 매튜 굿 주연의 〈프러포즈 데이〉를 보기로 했다. 두 사람은 팝콘이랑 콜라를 사들고 극장 안으로 들어갔다.

영화가 끝나고 그들은 극장을 나와 시내로 향했다. 6시를 조금 넘긴 시간이었다. 시내는 젊은 사람들로 넘쳐났다. 대부분의 사람들이 주말 저녁을 친구들과 즐겁게 보내기 위해 어디론가 적당한 장소를 찾아 돌아다니고 있었다. 정경과 영수도 그들 틈에 끼어 있었다.

해는 서쪽 고층 건물에 가려 보이지 않았다. 그리고 조금씩 날이 어두워졌다. 두 사람은 철판요리 전문점을 찾았다. 이 집은 그들이 대학 때부터 자주 찾았던 곳이다. 처음에 두 사람은 미팅으로 만났고, 그날 함께 미팅을 했던 사람들과 이 식당에서 저녁을 먹었다. 그다음 날부터 두 사람은 빠르게 친해졌고 연인으로 발전했다. 그들이 지금껏 관계를 이어오는 데는 이 철판요리 전문점도 한몫했으리라.

식당에는 벌써부터 손님들로 가득했다. 두 사람이 앉을 자리가 마땅치 않아 머뭇거리고 서 있자, 낯이 익은 아주머니가 다가와 구석진 테이블에 자리를 만들어주었다. 식당은 사람들의 대화소리로 시끌벅적했다. 그래서 그들은 보통 때보다 조금 큰 소리로 말을 해야 알아들을 수 있었다.

그들이 식당을 나왔을 때는 시간이 8시를 막 지나고 있었다. 영수가 커피숍에 가서 차를 마시자고 말했다. 두 사람은 바로 건너편에 보이는 '블루라인' 커피숍으로 들어갔다.

□ □ □□□□□ □ □□□ □□□

2010년 10월의 어느 날 아침이었다.

잦은 야근으로 정경은 몸이 찌뿌드드했다. 책상에 놓인 자명종 시계가 요란하게 울려댔다. 오늘 하루쯤 따뜻한 이불 속에서 나오고 싶지 않다는 생각이 간절했다. 정말 몸에 몸살기운이 있고 열이 나는 듯했다.

하지만 정경은 오늘 잡지사에 꼭 나가야 했다. 몸이 부서지는 한이 있더라도. 오늘 요즘 한창 잘나가는 A휴대폰 회사 대표와의 인터뷰가 잡혀 있기 때문이었다. 그녀는 이불 속에서 5분간 버티다가 억지로 침대에서 빠져나왔다.

거리에는 물기가 마른 나뭇잎이 가지에서 팔랑거리고 있었다.

얼굴을 스치고 지나는 바람이 몹시 건조하게 느껴졌다. 가을이었다. 가을은 점점 더 깊어질 것이다. 정경의 마음 한구석으로 쓸쓸함이 파고들었다. 그러자 문득 영수가 생각났다. 내년 2월에 결혼하기로 약속한 남자.

정경은 A회사의 대표와 인터뷰하기 전에 약국에 들러 약을 지어 먹었다. 아직 약속 시간은 30분가량 남아 있었다. 그리고 조금만 더 걸어가면 A회사가 보일 거리에 있었다. 그녀는 일부러 천천히 걸었다. 곧 있을 인터뷰 질문 요지를 떠올렸다. 그러다 자연스레 생각은 이따 저녁에 만나기로 한 영수로 바뀌었다.

그녀는 A회사 앞에 있는 횡단보도에 서 있었다. 도로는 꽤 넓은 편이었다.

잠시 후 신호등이 파란불로 바뀌었다. 사람들은 횡단보도를 건너기 시작했다. 하지만 정경은 쏟아지는 가을 햇살에 마음을 빼앗긴 듯 가만히 서 있었다. 그녀의 머릿속에는 지금 자신의 작은 액자 사진이 놓인 책상에 앉아 일하고 있을 사랑하는 영수의 영상과 내년 2월에 올릴 그와의 행복한 결혼식 영상이 주마등처럼 지나고 있었다. 정경이 그런 생각에서 빠져나와 건너편을 바라보았을 때는 이미 파란불이 점멸하고 있었다. 그녀는 빨간불로 바뀌기 전에 건너려고 횡단보도를 뛰었다.

그때였다. 아스팔트를 가르는 거칠고도 날카로운 소리가 난 것은. 그리고 '쿵' 하는 소리와 함께 정경은 공중으로 떠올랐다가 도로에 떨어지고 말았다. 그녀의 귓가에는 많은 사람들의 목소리가 나지막하게 들렸다. 그들의 목소리는 어느새 알아들을 수 없는 웅성거림으로 바뀌었다. 잠시 후 사이렌 소리가 났고 그녀는 의식을 잃었다.

영수는 퇴근 준비를 하고 있었다. 그때 휴대전화가 울렸다. 정경이었다.

"응, 나 이제 퇴근하려고 해."

"여보세요, 이영수 씨 되시죠? 저는 강남경찰서 형사계 김정운 경장입니다."

경찰이라는 말에 영수는 순간 놀라고 말았다.

'왜 정경의 휴대전화로 경찰이 전화를 한 걸까?'

영수는 알지 못할 불길함에 휩싸였다.

그는 다급하게 물었다.

"네, 무슨 일이시죠?"

"혹시 천정경 씨 아세요?"

"네, 제 애인입니다. 근데 무슨 일이세요?"

"지금 급히 경찰서로 와주셔야겠습니다. 천정경 씨가 횡단보도를 건너다가 교통사고를 당했습니다. 지금 오실 수 있으시죠?"

영수는 순간 다리에 힘이 풀려 비틀거리다 의자에 털썩 주저앉고 말았다. '정경이 교통사고를 당하다니…… 어떻게 이럴 수가 있어.' 눈앞이 깜깜했다. 아니 모든 것이 빛 한 줄기 없는 어둠으로 둘러싸여 있는 것만 같았다. 방금 전까지만 해도 바깥에는 가을 햇살이 퍼져 있지 않았던가. 그는 마음을 가다듬고 곧장 경찰서로 향했다. 정경은 왼쪽 팔에 깁스를 하고 누워 있었다. 얼굴에는 군데군데

상처가 나 있었다. 그런데 눈에 붕대가 감겨 있었다. 그는 마음이 찢어지는 듯했다. 이 고통을 어떤 말로도 표현할 수 없을 것 같았다. 사랑하는 여자가, 그것도 너무나 착한 여자가 교통사고로 온몸이 상처투성이가 되어 누워 있는 모습은 견딜 수 없는 고통이었다.

영수는 곧바로 의사를 찾았다. 그는 의사에게 정경 씨와 곧 결혼할 사람이라고 말했다.

그러자 의사는 침울한 낯빛으로 입을 열었다.

"하, 어떻게 말씀드려야 할지…… 난감하군요……."

영수의 몸이 악기의 떨림판처럼 가늘게 떨리고 있었다.

그는 다급하게 의사에게 물었다.

"선생님, 지금 정경이의 몸 상태가 어떤지 말씀해주십시오. 어떤 상황이라도 받아들일 각오가 되어 있습니다."

의사는 숨을 깊이 내쉰 뒤 말했다.

"현재, 천정경 씨의 상태가 그다지 좋지 않습니다. 아니 심각하다고 말하는 것이 옳은 표현일 듯싶군요. 뇌에 손상을 입은 것 같습니다. 그리고 충격으로 각막이 손상되어 앞을 볼 수 없는 상태입니다. 앞으로 조금 더 자세하게 검사를 해봐야 알 수 있겠지만……."

영수는 넋을 잃었다. 그토록 사랑하는 여자가, 자신보다 더 아끼고 사랑하는 사람이 앞을 볼 수 없다는 사실이 믿기지 않았다. 오늘 정경에게 일어났던 일들이 누군가가 꾸민 연극 같았다. 도저히 믿을 수 없었다.

하지만 그의 앞에는 의사가 앉아 있었다. 그의 표정은 돌처럼 굳어 있었다. 현실을 받아들이는 것 말고는 그가 할 수 있는 일이 아무것도 없었다.

고개를 흔들며 괴로운 표정을 짓고 있는 영수를 보며 의사가 말했다.

"일단 저희로서는 최선을 다할 생각입니다. 먼저 천정경 씨에게 이식할 각막이 있는지 알아보겠습니다. 그런데 요즘 워낙 각막을 기증하는 사람들이 많지 않아서요."

의사가 말끝을 흐렸다. 사실 영수도 뉴스나 신문 기사를 통해 각막 기증자가 많지 않아 외국으로부터 수입하고 있다는 것을 알고 있었다. 모든 것이 절망적이었다. 어쩌면 영영 헤어나올 수 없는 늪 같았다.

영수는 고심한 끝에 회사에 사직서를 제출했다. 그가 상사에게 사직서를 제출하자 회사 직장동료들은 휘둥그레진 눈으로 그를 쳐다볼 뿐이었다. 그는 동료들에게 어떤 말도 하기 싫었다. 얼른 그들에게서 빠져나와 조용히 혼자 있고 싶은 생각뿐이었다. 그는 그렇게 동료들과 인사조차 나누지 않고 회사를 나왔다.

그는 집에서 며칠 동안 밤낮없이 술만 마셨다. 전화기와 휴대전화가 울렸지만 받지 않았다. 그에게는 어떤 소리도 들리지 않았다. 다만 그는 마음속으로 정경에게 이식할 각막이 하루속히 구해지기를 간절히 바랐다.

하지만 이틀이 지나고 사흘이 지나도 병원에서 각막을 구했다는 소식은 없었다.

영수의 머릿속에 순간 어떤 생각 하나가 스쳤다. 그것은 자신의 각막을 정경에게 이식해주자는 것이었다. 그는 벽에 걸린 거울을 바라보았다. 그 안에는 어색해하는 한 남자가 서 있었다. 언젠가 그녀가 영수의 눈이 매력적이라고 말한 적이 있었다.

지금 거울 속에서는 사랑하는 여자가 매력적이라고 말했던 그 눈을 가진 한 남자가 보였다.

ㅁㅁㅁㅁㅁㅁㅁㅁㅁㅁㅁㅁㅁㅁ

영수는 다음 날 의사를 찾아갔다.

그는 의사에게 간절한 어조로 말했다.

"선생님! 천정경 씨는 누구보다 마음씨가 착하고 고운 여자입니다. 제가 누구보다 아끼고 사랑하는 여자입니다. 그리고 제가 죽는 순간까지 사랑할 여자는 그 여자 단 한 명뿐입니다. 선생님! 제발 부탁드립니다. 저의 각막을 그녀에게 주고 싶습니다. 제발……."

의사는 순간 놀란 눈으로 버럭 화를 냈다. 그러고는 자리에서 벌떡 일어나며 강한 어조로 말했다.

"아니, 지금 무슨 이야기를 하고 있는 겁니까? 살아 있는 사람의 각막을 이식하면 처벌받는다는 것을 모르고 하시는 말씀이십니까? 그렇게 해드릴 순 없습니다."

그러나 영수는 포기하지 않고 매달렸다. 의사는 순순히 포기하지 않는 그를 두고 방을 나가버렸다. 일주일이 지나도 병원은 각막을 구하지 못했다. 그리고 영수는 매일 포기하지 않고 의사를 찾아가 부탁했다.

결국 의사는 더 이상 그의 간곡한 부탁을 거절할 수 없었다. 그의 진실한 마음이 의사의 마음을 움직인 것이었다.

"네, 좋습니다. 제가 한번 해보겠습니다. 어쩌면 저는 이 일로 영영 의사로서의 자격을 잃어버릴지도 모릅니다. 하지만 선생님께서 그 환자분을 생각하는 마음에 제가 졌습니다. 수술은 금요일 오후 4시에 하도록 하겠습니다."

영수는 친한 친구 석규에게 혼자 지낼 만한 시골집을 알아보아 달라고 말했다. 석규는 영수의 대학 때 같은 과 친구로, 정경도 잘 아는 친구였다.

수술이 있던 날, 영수는 석규에게 저녁에 병원으로 좀 와서 그 시골집으로 자신을 데려가달라고 부탁했다.

수술은 성공적이었다. 수술을 한 영수의 두 눈에는 붕대가 감겨 있었다. 친구 석규는 영문도 모른 채 그런 그를 부축해 병원을 빠져나가고 있었다.

밤하늘에는 별이 총총했다.

하지만 영수는 아무것도 볼 수 없었다.

영수는 자신이 앞으로 영영 세상을 볼 수 없을지라도 결코 슬프지 않았다. 오히려 사랑하는 그녀의 시력을 되찾아줄 수 있어 행복했다.

그에게 정경은 자신의 전부였기 때문이었다.

□ □ □ □ □ □ □ □ □ □ □ □ □ □ □

이틀 뒤 영수의 각막을 정경에게 이식하는 수술이 있었다.

수술은 오랜 시간 진행되었다. 정경은 의식 없이 수술을 받았다.

병실에는 정경이 무사히 수술을 마친 뒤 붕대를 감고 누워 있었다. 의사는 며칠 뒤에 회진을 돌면서 의식이 없는 정경에게 각막이식수술이 성공적으로 끝나 예전처럼 정상적인 시력을 되찾을 수 있을 거라고 말해주었다. 그 순간 정경의 손가락이 조금 움직였다.

하지만 이 모습을 본 사람은 아무도 없었다.

□ □ □ □ □ □ □ □ □ □ □ □ □ □ □

수술한 날로부터 10일쯤 지난 어느 날 오후에 정경은 붕대를 풀었다.

그녀는 막 깨어났을 때 병원에 누워 있는 자신을 보고 깜짝 놀랐다. 교통사고를 당했다는 사실을 알지 못했기 때문이었다. 잠시 후 의사가 왔다 가고 간호사가 자초지종을 설명해주었다. 그제야 자신이 인터뷰가 있던 날 교차로에서 교통사고를 당했다는 것을 알았다.

하지만 마치 엊그제 있었던 일처럼 느껴졌다.

정경은 주위를 둘러보았다.

하지만 아무리 주위를 둘러보아도 영수의 모습은 보이지 않았다. 자신에게 사고가 났다는 것을 알면 분명히 곁에 있을 것이라 생각했지만 아니었다. 그녀는 회사 일이 바빠서 저녁에 오겠지, 하고 생각했다.

그녀는 영수의 목소리가 그리웠다. 복도의 공중전화기로 그의 휴대전화에 전화를 걸었다. 그러나 없는 번호라는 음성 멘트가 흘러나왔다. 그녀는 그럴 리 없다며 잘못 걸었겠지, 생각하고 다시 걸었다. 역시 똑같은 음성 멘트만 들릴 뿐이었다. 다시 그녀는 그가 다니는 회사로 전화를 걸었다.

예전에 같이 저녁을 먹었던 적이 있던 최 대리가 전화를 받았다.

"아, 안녕하세요. 잘 지내셨어요? 그런데 영수에게 무슨 일 있어요? 자식, 잘 다니던 회사를 그만두고……."

정경은 놀라 물었다.

"네? 무슨 말이에요? 회사를 그만두다니요?"

"모르셨어요? 영수, 한 달 전에 그만두었어요. 휴대전화도 안 되고 집 전화도 안 되더라고요. 영수 만나면 언제 술 한잔하자고 전해 주세요."

그녀는 너무 놀라 서둘러 전화를 끊었다.

지금 상황이 어떻게 돌아가는지 도무지 감을 잡을 수 없었다. 마음이 마치 엉망으로 얽혀 있는 실타래 같았다. 어떻게 풀어야 할지 막막했다.

영수는 그날 저녁에 병원으로 오지 않았다. 다음 날도 그리고 일주일이 지나도록 전화 한 통 하지 않았다. 그녀는 시간이 흐를수록 심한 배신감에 휩싸였다. 그녀의 마음속에는 대학 때부터 여태껏 영수만이 가득했다. 그녀에게 있어 그는 이 세상이었고, 꿈이었고, 전부였다.

어느 날, 그녀는 어렵게 석규와 연락이 닿았다. 정경은 그를 커피숍에서 만났다. 석규는 뜻밖의 충격적인 말을 전해주었다. 그가 다른 여자와 프랑스로 떠났다는 것이었다.

내년 2월에 결혼하기로 한 그가 다른 여자와 외국으로 떠났다는 것이 도무지 믿기지 않았다. 그녀는 석규에게 울며 거짓말하지 말라며 소리쳤다. 그 순간 커피숍에 있던 사람들의 시선이 일제히 그들에게로 향했다.

하지만 정경은 그런 시선에는 아랑곳없이 석규에게 매달리다시피 영수가 있는 곳을 알려달라고 소리쳤다. 그런 정경의 얼굴은 슬픔과 눈물로 뒤범벅이 되어 있었다.

하지만 그런 그녀에게 석규가 해줄 수 있는 말은 하루빨리 영수를 잊으라는 말뿐이었다.

석규는 누구보다 정경과 영수 두 사람의 관계를 잘 아는 친구였다. 그런 그였기에 가슴을 도려내는 듯 마음이 아팠다.

창밖에는 앙상한 가지 사이로 햇살이 비치고 있었다.

다른 테이블에 앉아 있는 젊은 남녀들은 깔깔거리며 웃고 있었다. 무심히 바라본 도로 건너편에는 응급차가 사이렌을 울리며 급히 달리고 있었다. 그녀의 두 눈에 고인 눈물이 테이블 위로 떨어졌다.

정경의 머릿속에서는 사랑하는 영수가 자신을 보며 미소를 짓

고 있었다. 그 미소는 언제까지나 사그라지지 않을 것 같았다. 그러
다 그 영상은 물거품처럼 천천히 가라앉았다.

오해

구내식당에서 채연을 만난 선영은 반가움 섞인 목소리로 물었다.

"채연아, 밥 먹었니? 안 먹었으면 나랑 같이 먹으러 가."

하지만 채연은 심드렁한 어조로 이렇게 대답하는 것이었다.

"아냐, 선배. 나 방금 전에 먹었어요. 지금은 좀 바빠서 다음에 봬요."

말을 마치자 채연은 황급히 그 자리를 떠났다.

멀어지는 채연의 뒷모습을 보며 선영은 당혹스러웠다. 두 사람은 그동안 누구보다 절친한 한 자매 같은 사이였다. 그래서 주위의 친구들은 누구나 둘을 부러워하곤 했다.

'며칠 전부터 채연이가 이상해. 마치 나를 피하는 것 같은데……'

선영은 채연이 자신을 피한다는 인상을 받았다. 하지만 아무리 생각해도 그 이유를 알 수 없었다.

오후에는 친한 후배 숙희에게 채연에 대해 물어보았다.

"요 며칠 채연이가 이상한 것 같아."

선영의 물음에 숙희는 고개를 갸웃하며 대답했다.

"선배, 뭐가 이상해요?"

"응…… 그냥 뭐…… 나를 보면 피해. 전 같으면 선배 같이 밥 먹으러 가요, 하며 종종 나를 찾아왔었는데……."

선영은 잠시 말을 끊었다. 이런 이야기를 후배 숙희에게 털어놓는다는 것이 왠지 부끄럽게 느껴졌기 때문이었다.

'아무리 생각해도 채연이 나를 피하는 이유를 알 수가 없어. 하는 수 없지. 숙희에게 다 말하고 함께 이유를 찾는 수밖에…….'

선영은 용기를 내어 끊었던 말을 이었다.

"아까는 구내식당에 채연이가 있더라고. 그래서 밥이나 먹자고 그랬더니 먹었다며 서둘러 나가더라고. 좀 이상하지 않니? 너희 둘은 친하니까 채연이에 대해 잘 알 것 같니야?"

숙희는 두 눈을 위로 치켜뜨고 잠시 생각에 잠겼다. 그러더니 입을 열었다.

"선배, 아무리 생각해도 잘 모르겠어. 왜 그러는지……. 사실 저보다 선배가 채연이랑 더 친한 거 모두가 아는데요."

숙희는 휴대전화 시계를 본 뒤 덧붙여 말했다.

"선배, 이러지 말고 차라리 채연이에게 직접 한번 물어봐요. 왜 그러는지…… 그게 더 빠르지 않을까요?"

"응…… 응. 그럴게. 고마워."

숙희에게서 이렇다 할 정보를 얻지 못한 선영은 괜히 얘기했다는 후회가 들었다. 하지만 이미 쏟아진 물인데 어쩌랴.

선영은 후배 채연을 같은 대학에서 만나 둘도 없는 사이로 지내오고 있었다. 채연의 집은 대구였다. 그래서 채연은 자취를 하며 대학을 다녔는데 마침 자취하는 곳이 선영의 동네였다. 그래서 두 사람은 자주 만나 무료함을 달랬다. 가끔 함께 영화도 보고 동대문에가서 쇼핑도 하곤 했다.

채연은 남자 친구가 없는 선영에게는 남자 동생 그 이상의 존재였다. 선영이 우울해 보이거나 슬퍼 보일 때면 재미있는 이야기를 들려주기도 하고 아르바이트를 하며 힘들게 번 돈으로 술도 사 주곤했다. 이런 채연이 곁에 있어주는 것만으로 선영은 큰 힘이 되었다.

두 달 전, 채연이 힘들게 양손에 비닐봉투를 들고 집으로 찾아온적이 있었다. 채연의 얼굴은 발갛게 상기되어 있었고 땀방울이 송골송골 맺혀 있었다. 한눈에 힘들게 들고 왔다는 것을 알 수 있었다.

"채연아, 이건 뭐니?"

채연은 방긋 웃으며 대답했다.

"선배, 이거 사과랑 곶감이요. 우리 부모님이 직접 농사지으신건데요. 부모님께 드리시라고요."

말을 마친 채연은 선영에게 비닐봉투를 내밀었다.

비닐봉투를 받아 든 선영은 자신도 모르게 눈가에 이슬이 맺혔다. 일부러 이렇게 부모님의 피땀이 담겨 있는 과일을 들고 찾아준 채연이 너무나도 고마웠기 때문이다.

선영은 채연에게 울먹이며 말했따.

"채연아, 뭐 하러 무겁게 들고 와? 부모님이 보내주셨으면 너나 먹지."

"아니에요, 선배. 제일 먼저 선배에게 주고 싶었어요. 그리고 나눠 먹어야 더 맛있잖아요. 히힛."

말을 마친 채연은 다시 방긋 웃더니 할 일이 있다며 자취방으로 돌아갔다. 그날 밤 선영은 가족들과 함께 채연이 가져다준 사과와 곶감을 맛있게 먹었다. 사과는 과일가게에서 사는 것과는 당도가 달랐다. 특히 부모님은 어릴 때 시골에서 먹어본 곶감이라며 흡족해하셨다.

가족들이 그렇게 즐거워하는 모습을 보자 선영은 채연이 한없이 고마웠다.

〬〬〬〬〬〬〬〬 〬〬〬〬〬〬

며칠 후 거리에서 선영은 채연과 친하게 지내는 동생을 만났다. 그 동생과 별로 친하지 않은 선영은 가벼운 눈인사를 하며 지나쳤다.

그때 그 친구가 부르는 소리가 들렸다.

"선배님!"

선영은 뒤를 돌아보며 대답했다.

"응."

그 동생은 선영에게 대뜸 이렇게 물었다.

"선배님, 혹시 얼마 전에 채연이에게 돈 빌려준 적 있으세요?"

그제야 선영은 채연에게 돈을 빌려주었다는 것을 깨달았다. 하지만 채연의 친구가 그 사실을 알고 있다는 데 적잖이 놀랐다.

선영은 태연하게 물었다.

"응. 그런데 왜? 채연이가 너한테 얘기했어?"

그러자 동생은 말을 해야 하나, 말아야 하나 잠시 고민하는 눈치였다. 잠시 후 동생은 주저하며 입을 뗐다.

"선배님, 그게 말이에요. 며칠 전 밤에 채연이가 저를 찾아왔었어요. 그리고 저한테 난데없이 힘들다며 술을 사 달라는 거예요."

다시 잠시 고민에 빠졌다가 동생은 말을 계속했다.

"정말 채연이의 얼굴이 많이 안되어 보였어요. 그래서 함께 나가서 생맥주를 한잔했는데…… 그때 말하더라고요. 선배님한테 돈을 빌렸는데 자존심이 많이 상했다고요."

선영은 갑작스러운 동생의 말에 가슴이 두근거렸다.

동생에게 다급한 어조로 선영이 물었다.

"그게 무슨 말이야? 쉽게 알아들을 수 있도록 자세하게 말해봐."

동생은 염려스러운지 손톱을 깨물며 말했다.

"선배님이 채연이에게 돈을 빌려주면서 앞으로는 다이어리에 계좌번호 적어두어야겠다고 말씀하셨죠? 그 말 때문에 채연이가 속이 많이 상했나 봐요."

순간 선영은 자신이 채연이에게 전화로 했던 말이 떠올랐다.

'하지만 그건 그냥 한 소린데, 채연이가 오히려 부담스러워하거나 미안해할까 봐 했던 말인데……'

선영이 이런 생각에 빠져 있을 때 그 동생이 덧붙여 말했다.

"그동안 채연이가 저에게 선배님을 참 많이 좋아한다고 말했어요. 그래서 마음이 더 상했을 거예요. 선배님이 잘 다독여주세요."

"어…… 그래. 아무튼 고마워."

선영은 머릿속이 폭풍우가 지나간 듯 혼란스러웠다. 그 동생이 했던 말이 처음에는 이해가 되지 않았다. 생각해서 한 말인데 어떻게 그런 생각을 할까, 하는 물음이 꼬리에 꼬리를 물었다.

그러나 채연의 입장에서 곰곰이 생각할수록 충분히 그럴 수도 있겠다는 생각이 들었다. 아무리 친하다고 해도 돈을 빌리는 채연의 입장에서는 자신의 농담이 상처를 줄 수 있었기 때문이다. '용돈 받아다가 어디에 쓰냐? 한두 번도 아니고 염치도 없냐?'라는 식으로 들렸을 테니까.

선영은 주먹으로 자신의 머리를 콩콩 쥐어박았다.

선영은 그 순간 돈을 빌려줄 때 했던 말 때문에 채연과 남들이 부러워하는 좋은 관계에서 서먹서먹한 관계가 되고 말았다는 것을 깨달았다.

'아, 그래서 채연이가 나를 은근히 피했구나. 나는 그런 것도 모르고……'

‘나 때문에 채연이가 얼마나 마음이 아팠을까? 차라리 웃으며 빌려줄 걸 그랬어.’

‘만나서 뭐라고 말하지? 그냥 채연이에게 미안하다고 말할까? 아니면…… 아, 머리 아프다.’

선영은 집으로 돌아오는 내내 머리를 쥐어 짜냈지만 좋은 생각이 떠오르지 않았다. 생각하면 할수록 더욱 머리가 복잡하고 혼란스러웠다.

□□□□□□□□□□□□□□□□

집에 돌아온 선영은 책상에 멍하니 앉아 있었다. 아무리 생각을 거듭해도 좋은 수가 떠오르지 않았다.

그런 선영의 모습을 본 동생 현영이 물었다.

“언니, 무슨 걱정거리 있어?”

선영이 아무런 대꾸가 없자 현영이 조금 더 큰 소리로 물었다.

“언니! 남자 친구 생겼어?”

그제야 선영은 동생이 방에 들어와 있다는 것을 알았다.

“어…… 미안해. 방금 뭐라고 했어? 다시 말해줄래?”

“갑자기 우리 언니가 바보가 되었네. 왜, 무슨 일 있어?”

선영은 뒷머리를 묶으며 말했다.

“아…… 아니. 없어. 그런 거.”

하지만 동생은 포기하지 않고 꼬치꼬치 캐물었다. 마치 집요한 성격의 엄마 같다는 생각이 들 정도였다.

"언니 얼굴에 걱정거리 있음이라고 적혀 있는데 뭘…… 괜찮으니까 말해봐. 응?"

'오늘 얘가 왜 이러나? 아무 일도 없다는데……'

선영의 입에서는 생각과는 달리 이런 말이 툭 튀어나오고 말았다.

"친한 후배와 오해가 생겨서 말이야. 그래서…… 생각 좀 하고 있었어."

동생은 침대에 걸터앉았다. 그리고 입술을 둥글게 내밀면서 말했다.

"그 후배랑 언니랑 친해?"

"응…… 친하지. 매일 붙어 다니다시피 했으니까. 다들 부럽다고 할 정도였어."

동생은 고개를 끄덕였다. 그러곤 잠시 뜸을 들이더니 이렇게 물었다.

"혹시 저번에 사과랑 곶감이랑 가져다준 그 후배 말하는 거 아냐?"

"……으응. 맞아. 바로 그 후배야. 이름은 신채연이고."

"그날 정말 고맙게 잘 먹었는데, 특히 엄마랑 아빠가 좋아하셨잖아."

선영은 동생의 말에 웃으며 말했따.

"그랬지. 사실 그 동생 고향이 대구거든. 지금은 혼자 자취하고 있고."

동생은 선영의 말에 짧게 맞장구쳤다.

"아, 그랬구나."

"처음에는 혼자서 밥 해 먹고 학교 다니는 게 참 안 됐다는 생각이 들어서 잘해줬어. 그랬더니 채연이도 나를 무척 따르고 잘 챙기더라고."

잠시 말을 끊었다가 선영은 덧붙여 말했다.

"그렇게 서로 친해졌어."

동생이 물었다.

"그런데 두 사람 사이에 무슨 문젠데?"

선영은 잠시 주저했다. 채연이와 자신의 사이에 생긴 오해를 얘기해야 하나, 하지 말아야 하나 하는 고민에 빠졌기 때문이다.

'그래, 이야기하자. 내 동생인데 뭐 어때?'

선영은 천천히 입을 열었다.

"얼마 전에 그 후배가 급하다며 내게 돈을 빌려달라고 전화했었어."

"……."

"사실 전에도 종종 그런 적이 있었거든. 그러다 한두 번은 돈을 주지 않아 먼저 말해서 받은 적도 있었고……."

"응."

"그래서 그때 채연이가 나에게 돈을 빌리면서 미안해할까 봐, 아니 다음부터 돈을 빌리지 않을까 하는 걱정이 들어서 농담을 했거든……."

동생이 물었다.

"어떤 농담을 했는데?"

"그냥 뭐…… 또 돈 빌려달라고? 앞으로는 다이어리에 계좌번호 꼭 적어둬야겠네, 하고 말이야."

동생은 속 시원한 표정을 지으며 말했다.

"아, 그런 일이 있었구나."

"으응……."

동생은 특유의 쾌활한 모소리로 물었다.

"언니, 그러면 앞으로 어떡할 거야?"

머릿속이 복잡한지 선영은 머리카락을 흩트리며 말했다.

"나도 잘 모르겠어. 어떡해야 할지…… 분명 채연이는 자존심이 많이 상했을 거야. 좋아하는 사람한테 무시당했다는 느낌이 들었을 테니까."

"그건 그런데…… 언니, 차라리 솔직하게 말하는 게 좋지 않을까? 그때 언니가 농담한 건 후배를 배려하는 마음에서 그랬던 거라고……."

동생은 선영의 얼굴을 살피며 말을 계속 이었다.

"그 말 때문에 기분이 나빴다면 진심으로 사과하는 게 좋을 것 같은데?"

동생은 다시 덧붙여 말했다.

"사과보다 더 좋은 말은 없다고 생각해. 괜히 머리 굴리다 보면 변명만 늘어놓게 되잖아."

선영은 동생의 말을 곰곰이 생각해보았다. 사실 동생의 말에도 일리가 있었다. 하지만 막상 후배인 채연이에게 사과한다고 생각하니 이런 생각이 들었다.

'아니, 내가 뭘 잘못했다고? 나는 그저 생각해서 돈도 빌려주고, 마음 쓰지 말라는 뜻으로 농담한 것밖에 없는데……'

또 한편으로는 이런 생각도 들었다. 마음속에서 두 가지 생각이 서로 싸우고 있는 형상이었다.

'아냐, 누군가에게 돈을 빌리는 심정은 당사자가 아니면 몰라. 그리고 가장 친하다고 생각한 나한테서 그런 말을 들었으니 충분히 그럴 수 있어.'

선영은 아무 말도 하지 않고 괴로운 듯 고개만 흔들었다. 그러자 동생이 선영의 어깨를 감싸 쥐고는 가볍게 흔들었다.

"언니, 내가 어떤 책에서 읽었는데 진심은 어떤 상황에서도 통한대. 그러니 너무 걱정하지 마. 잘될 거야."

선영은 웃으며 말했다.

"그래, 현영아 고맙다. 네가 나보다 더 낫구나."

"아냐, 그동안 내가 힘들 때 언니가 많은 힘이 되어줬잖아. 히히."

그 순간 선영은 동생이 너무나 고마웠다. 아까와는 달리 어느새 마음속에서 용기가 솟아올랐다.

'그래, 현영이 말처럼 있는 그대로 이야기하고 오해를 풀자.'

다음 날 오후.

오늘은 오후 수업이 없는 날이었다. 선영은 집을 나서기 전에 미리 문자로 약속을 정했다.

〈저녁 6시에 자주 가던 커피숍 알지? 거기서 만나.〉

잠시 후 채연이에게서 문자가 왔다. 문자는 평소와는 달리 짧았다.

〈알았어요. 선배.〉

'계집애, 평소에는 귀찮도록 문자를 보내더니 이제는 고작 두 마디냐?'

선영은 마음이 씁쓸했다. 하지만 이내 마음을 고쳐먹었다. 모든 것이 자신의 실수 한마디로 빚어진 오해라는 것을 알고 있었기 때문이다.

오늘 수업은 모두 대충 들었다. 머릿속은 온통 이따가 만날 채연과의 일로 가득 차 있었다. 그러니 수업이 머릿속에 들어올 리 만무했다.

이따금씩 멍하게 있는 선영을 보며 과 친구 민주는 고개를 가로저었다. 민주가 개미만 한 목소리로 물었다.

"야, 선영아, 너 오늘따라 이상하다. 혹시 무슨 일 있어?"

"……."

선영이 아무런 대꾸가 없자 민주가 볼펜으로 책상을 톡톡 쳤다.

그제야 깜짝 놀란 선영은 민주를 바라보았다.

"……으응."

민주는 메모를 한 포스트잇을 선영에게 건네주었다.

〈너 남자 친구 생겼지?〉

포스트잇에 적힌 물음을 보고 선영은 옅은 미소를 지었다.

'어제 현영이부터 민주까지……. 얘들은 내가 그렇게 한가하게 보이나 보지? 참 나.'

선영은 포스트잇 뒷면에다 몇 자 적은 뒤 다시 되돌려주었다.

〈그런 거 아니야. 나 남자에게 관심 없다는 거 잘 알면서 왜 그래.〉

오후 수업도 이런저런 고민과 수다를 떠느라 아무런 보람 없이 끝났다.

시계는 5시 40분을 가리키고 있었다. 선영은 서둘러 책을 챙긴 뒤 채연이를 만나기로 한 커피숍으로 향했다.

커피숍에 들어선 선영은 실내를 둘러보았다. 아직 채연은 오지 않았다. 시계를 보니 아직 5분 전이었다. 선영은 창가 자리에 앉았다.

선영은 왠지 모르게 잘못을 저지른 뒤 용서를 빌러 온 것 같은 심정이었다. 아니 뭐랄까, 오래 사귄 남자 친구의 오해를 풀어주기 위해 주저하며 나온 자리 같았다.

이런 생각이 들자 선영은 가슴이 콩콩 뛰었고 목이 바싹 말랐다. 아마 긴장된 탓이겠지.

잠시 후 여종업원이 메뉴판과 함께 냉수를 가져왔다. 선영은 여종업원이 가져다준 냉수를 마셨다.

“한 사람 더 오거든요. 이따 같이 시킬게요.”

선영은 창가로 눈길을 주지 않았다.

‘혹시 채연이 나오지 않으면 어쩌지? 그러면 오해도 풀지 못한 채 서로 더 멀어질 테지.’

이런 생각으로 창밖을 바라보는 것이 왠지 두렵게 느껴졌기 때문이었다. 그런데 잠시 후 출입문에 붙어 있는 작은 종이 “딸랑딸랑!” 소리를 내며 문이 열렸다. 무심코 선영은 고개를 돌렸다. 채연이 안으로 들어서고 있었다. 채연은 주위를 두리번거리며 선영의 반대쪽으로 걸음을 옮겼다. 그때 선영은 오른손을 들어 채연에게 흔들어 보였다.

“채연아, 여기야.”

선영을 발견한 채연은 실내를 한 바퀴 돈 다음 자리에 와 앉았다. 며칠 사이 채연이 왠지 모르게 남처럼 느껴졌다.

“요즘 어떻게 지냈어? 얼굴 보기가 하늘의 별 따기던데?”

채연은 비교적 차분한 목소리로 대답했다.

“그냥…… 뭐 그렇게 지냈어요. 선배는요?”

선영은 미소를 지으며 대답했다.

“나는 뭐 늘 그렇지…… 네가 없으니까 심심하고 외로워서 죽는 줄 알았다, 야. 후훗.”

그리고 채연은 덧붙여 말했다.

“이참에 남자 친구 하나 만들지 그래요.”

‘오늘따라 민주랑 애들 왜 이러냐? 왜 자꾸 남자 타령이야.’

순간 선영은 기분에 거슬렸지만 웃어 넘겼다. 이 자리에 나온 목적이 무엇인지 확실히 알기 때문이었다.

선영이 채연에게 물었다.

“뭐 마실래?”

“그냥 커피 마실래요.”

“응, 그래. 나도.”

선영은 손을 들어 여종업원을 불렀다. 잠시 후 여종업원이 왔고 선영은 커피 두 잔을 주문했다.

선영은 커피 한 모금을 들이마셨다. 그리고 진지한 어조로 말했다.

“채연아, 그동안 나 때문에 마음 아팠지? 미안해.”

채연은 큰 눈을 더 크게 뜨고 선영을 쳐다보았다.

“……”

“사실 나는 그것도 모르고 네가 왜 나를 피할까 생각했었거든. 그러다 너를 원망하기까지 했단 말이야. 나 정말 멍청하지?”

난데없이 미안하다고 말하는 선영에게 채연이 다급하게 물었다.

“선배, 무슨 말 하는 거예요?”

“다 알아. 저번에 네가 나한테 돈 빌릴 때 내가 했던 말 때문에 자존심 많이 상했다는 거……”

그제야 채연은 선영의 말뜻을 알아차릴 수 있었다.

“……”

선영은 찻잔만 매만지고 있는 채연에게 말했다.

"사실 나 며칠 동안 많이 고민했어. 내가 했던 말이 너에게 얼마나 상처를 주었을까 하는 생각 때문에……."

채연이 끼어들며 말했다.

"선배, 아니에요. 그게 아니라……."

선영이 다시 중간에 말을 자르고서 이어 말했다.

"누가 그러더라. 어떤 상황에서도 진심은 통한다고 말이야. 그래서 그때 왜 내가 네게 그런 말을 했는지 들려주려고 나오라고 한 거야. 사실 그동안 너를 많이 아끼고 좋아했어. 물론 너도 그랬을 테고……. 앞으로도 너와 잘 지내고 싶어."

"……."

"그날 네가 돈 빌려달라고 전화했을 때 문득 이런 생각이 들더라. '자주 빌렸는데 이러다 부담 느껴 나한테 다시는 돈 빌려달라고 하지 않으면 어떡하지? 오늘만큼은 부담을 조금이라도 덜 느끼게 해주자' 하는 생각 말이야."

감정이 북받쳐 선영은 잠시 말을 끊었다 다시 계속 말했다.

"그래서 네게 농담처럼 가볍게 '다음부터는 다이어리에 꼭 계좌번호 적어놓아야겠다'라고 얘기했던 거야. 사실 그 말이 네게 상처를 줄 줄은 정말 몰랐어. 정말이야."

말을 마친 선영의 두 눈에는 눈물이 고여 있었다. 자신보다 어린 후배지만 선영은 부끄러움 같은 것은 조금도 느낄 수 없었다. 오히려 자신의 진심을 채연이 알아주었으면 하고 바랐다.

선영이 말을 마쳤을 때 채연이 울먹이는 목소리로 말했다.

"선배, 정말 미안해요. 전 그것도 모르고……."

채연은 두 손으로 얼굴을 가렸다. 그러곤 다시 얼굴을 테이블 위에다 묻었다.

순간 선영은 채연의 행동에 당황했다. 그러나 시간이 지나면서 채연이 울고 있다는 것을 알 수 있었다.

선영이 부드러운 어조로 말했다.

"아냐, 내가 잘못했어. 내가 조금만 더 생각이 깊었더라면 그런 일이 없었을 텐데 말이야."

"아, 아니에요. 제……제가 잘못했어요."

잠시 후 감정을 추스른 채연이 고개를 들었다. 눈썹에는 눈물이 이슬처럼 매달려 있었고 얼굴에는 눈물 자국이 선연했다.

선영은 티슈로 채연의 눈물을 닦아주었다. 그제야 채연은 예전처럼 방긋 웃었다.

문득 선영에게 어제 동생 현영이 했던 말이 떠올랐다.

'언니, 내가 어떤 책에서 읽었는데 진심은 어떤 상황에서도 통한대.'

선영은 생각했다.

'방금 내가 한 말이 진심일까?'

'바보처럼 내가 무슨 생각을 하는 거야. 진심이니 풀리고 서로의 마음이 통했겠지.'

이런 생각을 하고 있을 때 채연이 명랑한 어조로 말했다.

“선배, 나 배고파요. 떡볶이랑 쫄면 잘하는 데 아는데, 거기 갈래
요?”

“그래. 좋지. 사실 나도 배고파.”

계산서를 집어 들면서 채연이 덧붙여 말했다.

“계산은 제가 할게요. 오늘만! 히힛.”

“아니, 뭐라고? 아이고, 저 여우. 하핫.”

이렇게 말하면서도 선영은 이런 채연이가 너무나 고마웠다. 예
전의 채연의 모습으로 돌아와주었기 때문이었다. 두 사람이 커피숍
을 나섰을 때 서녘 하늘이 온통 오렌지빛으로 물들고 있었다.

부모님의 용돈

바깥은 온통 먹물로 덧칠한 듯 깜깜했다. 마당 뒤편 풀숲에서는 이따금씩 '찌르르' '찌르르' 귀뚜라미 소리가 들려왔다.

어느덧 시간은 11시를 넘어서고 있었다.

민수의 동생들은 모두 깊은 잠에 빠져 있었다. 방금 전까지 불이 켜져 있던 큰방에도 어머니가 주무시는지 불이 꺼져 있었다. 아버지는 이번 주부터 야간 근무를 하게 되었다고 저녁을 드시면서 말했다. 지금쯤 아버지는 공장에서 바쁘게 일하고 있을 것이다.

늦은 밤, 수험생인 민수는 작은방에서 스탠드를 켜놓고 공부를 하고 있었다.

민수는 가난이 지긋지긋했다. 민수가 학교에서 등록금을 내야 할 때면 아버지는 종종 이웃집에 가서 빌려 오시곤 했다. 그때마다 민수는 가난이 밉도록 증오스러웠다. 민수는 가난을 벗을 수 있는 길은 대학에 가는 길밖에 없다는 것을 잘 알고 있었다. 그래서 그는 하루에 네 시간 정도만 자고 그 나머지 시간은 공부하는 데 전념했다.

민수가 영어 책을 덮고 수학 책을 펼 때였다.

착 가라앉은 정적을 일순간 깨뜨리는 전화벨 소리가 울렸다. 전화벨이 서너 번 울린 뒤 어머니가 전화를 받는 소리가 들렸다.

"여보세요?"

"네? 우리 민수 아버지가 다쳤다고요?"

"……어느 병원이라고요? 성모병원요?"

"네, 알겠어요."

수화기를 놓자마자 어머니는 다급한 목소리로 민수를 불렀다.

"민수야! 민수야!"

전화벨이 울린 순간부터 민수의 눈은 책을 보고 있었지만 귀는 큰방으로 향하고 있었다. 때문에 어머니가 부르기 전에 상황을 어느 정도 알 수 있었다. 큰방에서 들려오는 목소리에 가슴이 철렁했는데 어머니가 다급한 목소리로 자신을 부르자 민수의 가슴이 방망이질하기 시작했다.

민수가 큰방으로 들어가자 어머니는 외출 준비를 하고 있었다. 어머니는 민수를 보자마자 얼른 옷을 갈아입으라고 말했다.

"아이고 큰일 났다! 어떡하면 좋니? 너희 아버지가 지금 일하다가 다쳤단다. 성모병원으로 실려갔다고 전화 왔다!"

민수는 옆방에서 상황을 어느 정도 눈치채고 있었다.

하지만 아버지가 다쳤다는 사실이 실감이 나지 않았다. 지금은 어머니의 성모병원이라는 말에 다리가 부들부들 떨려왔다.

방에서 넋을 읽고 서 있는 민수를 보며 어머니가 다급하게 말했
다.

"지금 뭐 하고 있어! 아버지가 많이 다치셨다는데 어서 병원으로
가보자. 아무쪼록 별일이 없어야 할 텐데……."

동생들은 아무것도 모른 채 깊은 잠에 빠져 있었다. 민수와 어
머니는 서둘러 택시를 잡아타고 병원으로 향했다. 비가 오려는지
밤하늘엔 온통 먹구름이 끼어 있었다.

ㅁㅁㅁㅁㅁㅁㅁㅁㅁㅁㅁㅁㅁ

새벽 12시 반이 지나서야 병원에 도착했다. 병원 입구에서는 아
버지의 직장동료들이 담배를 피우고 있었다. 민수는 그들이 누군지
알 수 있었다. 아버지와 친한 김 씨, 최 씨, 이 씨 아저씨였다.

민수와 어머니를 먼저 발견한 김 씨가 다가와 반갑게 인사했다.

"아주머니, 많이 놀라셨죠? 부군은 지금 수술받고 있습니다."

어머니는 수술이라는 말에 하마터면 쓰러질 뻔했다. 마침 그때
민수가 어머니의 팔을 잡고 서 있었기 때문에 쓰러지지 않게 가까
스로 붙들 수 있었다.

민수가 김 씨 아저씨에게 물었다.

"지금 아버지의 상태는 어떻습니까? 그리고 어떡하시다가 다치
신 거예요?"

김 씨를 남겨두고 최 씨와 이 씨는 수술실로 천천히 걸어갔다.

민수는 두 사람의 걷는 모습을 보며 상태가 심각할 거라는 불길한 예감에 사로잡혔다.

김 씨 아저씨는 죄지은 사람처럼 안절부절못하다가 입을 열었다.

"저…… 그게, 쇠를 자르는 기계에 그만 오른쪽 손가락이……."

"아이고……! 아이고……."

민수 어머니는 손가락이 잘렸다는 말에 그만 털썩 주저앉고 말았다. 더 이상 얘기를 듣지 않아도 머릿속에 그 상황이 그려졌다. 김 씨는 두 사람을 수술실 복도로 데리고 갔다.

새벽 3시가 지나서야 수술실 문이 열렸다. 아버지를 실은 침대가 병실로 옮겨지고 있었다. 침대 위에 누워 있는 아버지는 마취 때문에 깊은 잠에 빠져 있었다. 어머니와 민수는 수술을 집도한 의사에게로 달려갔다.

얼굴에 눈물 자국이 선연한 어머니가 의사에게 물었다.

"의사 선생님, 지금 우리 애 아버지 어떻게 되는 겁니까? 앞으로 손을 쓸 수 있습니까?"

의사는 손으로 땀을 훔치며 대답했다.

"손가락 세 마디가 잘려나갔습니다. 사고 직후 곧바로 병원으로 후송되어 와서 다행입니다. 일단 봉합수술은 잘 끝났습니다. 상황은 앞으로 지켜봐야 될 것 같습니다. 그럼."

민수는 순간 눈앞이 캄캄했다. 그리고 하나님이 원망스러웠다. 가족을 위해 열심히 일한 죄밖에 없는 아버지에게 그런 끔찍한 사고를 당하게 한 하나님이.

병실에서는 직장동료들이 민수 아버지 곁을 지키고 있었다.

잠시 후 그들은 민수의 어머니에게 내일 다시 오겠다고 하며 병실을 나갔다. 잠든 아버지의 얼굴에는 공장에서 일하다 묻은 기름이 그대로 묻어 있었다. 그런 아버지의 얼굴을 보자 민수는 가슴이 찢어지는 듯했다. 만약 할 수만 있다면 아버지 대신 침대에 눕고 싶었다.

어느덧 8개월이 흘렀다.

민수의 집에서는 더 이상 예전과 같은 웃음소리가 들리지 않았다. 민수 아버지는 병원에서 퇴원한 뒤 퇴직금과 약간의 보상금을 받고 공장을 그만두었다. 그리고 다른 일자리를 알아보았지만 손을 다친 민수의 아버지에게 일자리를 주는 회사는 한 군데도 없었다.

직장을 그만둔 뒤로 아버지는 마당에 나가 따뜻한 햇살을 쬐며 앉았다 들어오는 것이 하루 일과가 되었다. 당연히 집 안에는 웃음 대신 우울함이 가득 찼다. 그러나 누구 한 사람 이 우울함을 겉으로 드러내는 사람은 없었다.

민수는 대학을 포기하기로 마음먹었다. 아버지가 장애인이 된 마당에 대학에 간다는 것은 사치라는 생각이 들었다. 또, 아버지가 퇴원한 뒤 한 달이 지났을 때 어머니가 이렇게 말했었다.

"지금은 아버지가 공장을 그만둘 때 받은 퇴직금과 보상금이 있어서 그럭저럭 살아가는데…… 앞으로 어찌 살지 막막하다. 민수야, 그래서 말인데…… 대학교는 이다음에 가면 안 되겠니? 나도 이제 어디 가서 일할 곳 좀 알아봐야겠다."

대학교를 포기하라는 어머니의 말을 듣고 몇 달간은 괴로웠다. 오로지 의대에 들어가기 위해 죽어라고 공부했는데 이제 와서 가지 말라고 말하는 어머니가 원망스러웠다. 그리고 이 가난이 증오스러웠다.

하지만 조금씩 마음을 다잡았다. 인정하기 싫어도 엄연한 현실이었기 때문이었다. 그리고 두 명의 동생들은 아직 중학생이었다. 앞으로는 아버지가 짊어졌던 짐을 민수 자신이 져야 한다는 것을 누구보다 잘 알았다.

친한 친구들은 대학교에 붙었다며 은근히 민수에게 자랑했다. 이런 친구들을 볼 때마다 마음속에서 뜨거운 불길이 일렁이는 것 같았다. 그러나 친구들에겐 내색하지 않았다. 아직 살아온 날보다 살아갈 날이 더 많기 때문이었다.

민수는 고심한 끝에 서울로 가기로 마음을 정했다.

어느 날, 부모님에게 집을 떠나 서울로 가겠다고 말씀드렸다. 처음에는 부모님이 반대했다.

하지만 시골에서 자신이 할 수 있는 일이 없다며, 서울로 꼭 가야겠다는 민수의 결심에 부모님은 민수의 서울행을 더 이상 반대하지 않았다.

사실 민수도 부모님을 두고 서울로 간다는 것이 마음에 걸렸다. 그리고 아직 어린 동생들까지 눈에 밟혔다. 하지만 돈을 벌기 위해서는 어쩔 수 없었다. 지금껏 시달려온 가난이 죽도록 싫었기 때문이었다.

ㅁㅁㅁㅁㅁㅁㅁ ㅁㅁㅁㅁ ㅁㅁ

민수는 서울의 홍대 근처에 있는 작은 출판사에 영업사원으로 들어갔다.

처음부터 출판사나 영업 쪽에 관심이 있었던 것은 아니었다. 고등학교 학력으로 일할 수 있는 곳이 그리 많지 않았기 때문이었다. 월급이 좀 많거나 괜찮은 곳이라 생각되면 대부분 지원 조건이 대학 졸업 이상이었다. 거기에다 해당 자격증이나 영어 실력자를 우선으로 채용했다. 지금 다니고 있는 출판사에는 우연히 신문 채용 공고를 보고 들어갈 수 있었다. 출판사 사장을 비롯해 8명의 직원들은 모두 친절했다. 편집부 라은주는 민수와 나이가 같았다. 그래서 은주는 특히 다른 사람들보다 민수를 이것저것 많이 챙겨주었다. 민수는 은주 덕분에 업무에 빨리 적응할 수 있었다.

민수는 출판사에서 영업자로 근무한 지 5년가량 지났을 때 이 일이 자신에게 맞는다는 것을 알 수 있었다. 또, 잘만 하면 출판사가 가장 빠른 시간 안에 돈을 벌 수 있다는 것까지. 사실 민수가 몸담고 있는 출판사 근처에는 상당한 돈을 벌어들이고 있는 출판사들도 많았다.

민수는 항상 다른 직원들보다 30분 일찍 사무실에 출근했다. 출근한 뒤 가장 먼저 하는 일은 화장실 청소며 사무실 바닥 청소였다. 청소를 끝낸 뒤 민수는 그날 영업 스케줄을 체크했다. 이런 철저한 관리로 인해 다른 영업자들보다 실적이 우수했다.

또, 민수가 거래하는 서점에서는 민수가 다니고 있는 출판사에서 출간한 신간들을 가장 눈에 잘 띄는 곳에 진열해주는 등 세세한 신경을 써주었다. 이런 민수의 애사심을 그 누구보다 사장이 잘 알고 있었다. 사장은 겉으로는 티를 내지 않았지만 민수의 성실한 근무 태도를 눈여겨보고 있었던 것이다.

처음에 민수와 은주는 어색한 사이로 지냈다. 그러다 한 달이 되어갈 무렵에 가졌던 회식자리에서 두 사람은 친구를 하기로 했다. 가끔 퇴근하고 나서 민수와 은주는 홍대 근처에서 함께 밥을 먹었다. 또, 은주가 정성 들여 편집 작업한 신간이 출간된 날에는 함께 새벽까지 술을 마셨다. 그렇게 두 사람은 조금씩 친밀한 사이로 발전했고 사랑하는 사이가 되었다.

한 직장에서 근무하는 것이 불편한 점도 더러 있었지만 좋은 점이 더 많았다. 서로 힘들 때 위로가 되어주고 무엇보다 매일, 자주 볼 수 있다는 것이 좋았다.

며칠 전부터 은주의 표정이 어두웠다. 하지만 아픈 것 같지는 않았다. 무슨 고민거리가 있는 듯해 보였다. 민수가 어디 아프냐고 물어보아도 그냥 괜찮아, 라고만 대답할 뿐이었다. 민수는 마음이 타

들어갔다. 무슨 일이 있는 건 분명한데 말을 하지 않으니 답답해 죽을 지경이었다. 참다못한 민수는 오전 영업에 나가기 전에 은주의 책상 위에 자주 가는 호프집에서 만나자는 메모지를 올려놓았다.

은주는 약속 시간이 훨씬 지난 뒤에야 나타났다. 은주는 비가 곧 쏟아질 듯한 표정을 하고 있었다. 민수는 은주를 보며 먼저 미소를 지었다.

은주가 앉자 민수는 메뉴판을 건네주며 말했다.

"은주야, 무슨 일 있어? 요즘 얼굴 표정이 꼭 죽을상이잖아."

"……."

은주는 창밖만 바라보며 아무런 대꾸도 없다.

"무슨 고민이 있으면 말해봐. 네 얼굴에 고민이 있다고 쓰여 있는데 도무지 말을 안 하니 답답해서 미치겠단 말이야."

은주는 천천히 창밖을 응시하던 시선을 민수에게로 돌렸다. 호프집에 들어와서 처음으로 입을 열었다.

"내가 요즘 그렇게 보였어? 미안해! 우리 부모님 때문에 그래."

"부모님? 부모님이 왜? 무슨 안 좋은 일……."

그 순간 은주가 민수의 말을 가로챘다. 그러고는 무슨 결단을 내리는 듯한 표정으로 말했다.

"지금 우리가 몇 살이야?"

민수는 갑자기 뜬금없는 소리를 한다는 표정으로 대답했다.

"갑자기 나이는 왜? 스물여덟 살이지."

"그렇지, 벌써 그렇게 됐지?"

은주는 잠시 말을 끊었다가 다시 이어 말했다.

"스물여덟 살이면 남자는 그리 많은 나이가 아니지만 여자는 꽉 찬 나이야. 그래서 부모님이 나 시집 못 갈까 봐 걱정이 심하셔서,"

민수는 그제야 그동안 은주의 얼굴 표정이 어두웠던 이유를 알 수 있었다. 그동안 일에 매달린 나머지 은주 생각은 하지 못했던 것이다.

"아, 그렇구나. 그래서 너는 부모님에게 뭐라고 말씀드렸어?"

"그냥 아직 결혼할 마음이 없다고 말했지. 그랬더니 노발대발하시더라고."

"그야 그렇겠지, 하나뿐인 딸인데……."

은주는 민수를 보며 은근히 어떤 말은 해주기를 기대하는 듯했다. 민수는 은주의 마음을 알고 있었다. 사실 민수도 요즘 들어 결혼에 대해 많은 생각을 했다. 객지에서의 생활이 힘들기 때문만은 아니었다. 처음에는 서울에 올라와 낯설고 많이 힘들었지만 지금은 적응이 되었다. 결혼을 생각한 이유는 사랑하는 은주와 함께 살고 싶은 마음이 들었기 때문이다.

민수는 은주를 집까지 바래다주었다. 밤하늘에는 보름달이 떠 있었다. 달빛이 내려앉은 밤거리는 어둡지 않았다. 오늘따라 달빛을 받은 은주의 얼굴이 더 예뻤다. 집 앞에서 민수는 은주의 입술에 입을 맞추었다.

그러고는 그동안 마음속에 담고 있던 선물을 은주에게 주었다.

"은주야, 우리 결혼하자. 앞으로 아침마다 너와 함께 매일 같은 침대에서 눈부신 햇살을 맞고 싶어."

민수는 그렇게 은주에게 청혼했다.

일주일 후 민수는 은주 부모님에게 인사를 드렸다.

은주 부모님은 민수를 보자 마음에 들어 했다. 가난한 형편과 고등학교까지밖에 나오지 않은 학벌이 걸렸지만 성실함을 높이 샀던 것이다. 은주 아버지는 사람을 볼 때 배경보다는 어떤 사고를 가지고 있느냐와 성실함을 보는 편에 속했다. 지금은 자수성가한 은주 아버지도 어릴 때는 너무나 가난한 집에서 자랐던 것이다.

하지만 그는 고향을 떠나와 오로지 돈을 벌 목적으로 온갖 고생을 한 사람이었다. 돈을 벌기 위해 도둑질 외에 안 해본 일이 없을 만큼 고생했다. 때문에 민수와 많은 대화를 나누진 못했지만 어느 정도 민수의 됨됨이를 알 것 같았다.

두 사람은 은주 부모님으로부터 결혼 승낙을 받았다. 그리고 은주 부모님은 결혼식 날짜는 두 사람이 알아서 잡으라고 말했다. 민수는 주말마다 은주의 부모님을 찾아뵙곤 했다. 은주 부모님이 민수를 친아들처럼 대해주셨기 때문에 전혀 어색함이 없었다.

그동안 은주 부모님은 곱게 키운 외동딸이 애인 없이 늙는 게 아닌가 하고 노심초사했었다. 그러나 지금은 아니었다. 갑자기 은주가 오랫동안 사귄 사람이라며 민수를 인사시켜주었으므로 기특

하다는 생각까지 들었다.

민수와 은주는 결혼식 날짜를 10월 셋째 주 토요일로 잡았다. 앞으로 결혼식까지는 한 달 정도 남았다. 예식장은 예약을 해두었다. 하마터면 예비 신랑신부가 많아 예식장을 잡지 못할 뻔했다.

출판사에는 며칠 전 회식 날, 모두 모인 자리에서 민수가 은주와 결혼한다고 깜짝 발표를 했다. 그 순간 사장님을 비롯한 동료들은 깜짝 놀라고 말았다. 그동안 두 사람이 사귄다는 것을 전혀 눈치채지 못했기 때문이었다.

그때 영업부의 민수보다 한 살 많은 김 대리가 이렇게 말했다.

"민수 씨 정말 대단해! 그동안 은주 씨한테 뭇 남성들이 대시했는데 좋아하는 사람이 있다고 하더라고. 이제 와서 보니 그 주인공이 민수 씨였군 그래, 하하!"

민수는 은주가 한없이 고마웠다. 출판사에 처음 입사했을 때부터 다른 사람들보다 따뜻하게 대해주었던 사람이기 때문이다.

가끔 직원들과 점심을 먹을 때도 은주는 민수가 좋아하는 반찬들을 한 개 더 주문하곤 했었다. 그때 동료들은 은주가 민수만 챙긴다며 은근히 질투하곤 했다.

은주 아버지는 종종 딸에게 타지에서의 생활이 얼마나 힘든지 얘기해주었다. 그럴 때마다 은주는 함께 일하는 민수가 떠올랐다.

천성적으로 심성이 여린 탓도 있겠지만, 은주는 민수를 볼 때마다 모성애를 느끼곤 했다. 어떻게 보면 그 모성애가 사랑의 씨앗이 되었는지도 모른다.

민수는 은주를 시골에 계신 부모님에게 다음 주 토요일에 인사 시켜드리기로 했다. 사실 그동안 민수는 바쁘다는 핑계로 시골 부모님을 1년에 두 번 정도 찾아뵈었다. 설날과 추석날이었다. 부모님의 생신에는 돈을 부쳐 드리는 걸로 대신했다.

하지만 부모님은 민수가 출판사 일이 바빠서 그런가 보다, 라고 여겼다. 민수가 바쁘다고 말할 때마다 출판사 일이 잘되는구나 하고 생각했던 것이다. 그리고 오히려 부모로서 해준 것 하나 없이, 일가친척 하나 없는 서울에 발붙이고 사는 민수를 대견스러워했다. 아들이 부모에게 결혼할 여자를 소개시키러 온다는 소식보다 더 기쁜 소식은 없었다.

ㅁㅁㅁㅁㅁㅁㅁ ㅁㅁㅁㅁ ㅁㅁㅁ

아침부터 추적추적 내리던 비가 오후가 되어도 그치지 않았다. 오히려 빗줄기는 시간이 지날수록 거세지고 있었다. 도로를 달리는 자동차의 와이퍼가 모두 앞 유리창에 묻은 빗물을 닦아내느라 바삐 움직이고 있었다.

민수와 은주가 탄 자동차는 고속도로를 달리고 있었다. 민수의 마음은 설레었다. 마치 초등학교에 들어가 처음으로 봄 소풍을 가는 초등학생 같았다.

지금쯤 시골의 부모님은 두 동생들과 함께 두 사람을 맞이하기 위해 분주할 것이었다.

민수가 이런저런 생각에 빠져 있는데 은주가 큰 소리로 말했다.

"무슨 생각을 그리 하길래 내가 여러 번 불러도 대답이 없어?"

"아, 그랬어? 미안, 몰랐어."

은주는 갑자기 근심 어린 표정으로 말했다.

"혹시 부모님이 나를 마음에 들어 하시지 않으면 어떡하지? 나 엄청 걱정돼."

"너무 염려하지 마, 어제 엄마랑 통화했는데 어떤 아가씨인지 얼른 보고 싶대. 지난주에 너에 대해 잠깐 얘기했는데 좋아하시던 데…… 날 믿어, 알았지?"

은주는 민수의 말에 다시 얼굴이 밝아졌다.

"그럴까? 그럼 한번 믿어볼게. 나도 민수 씨를 낳은 분들이 어떤 분들인지 궁금해. 히힛!"

창밖에는 여전히 빗줄기가 땅으로 내리치고 있었다. 모든 자동차들이 평소의 주행 속도보다 30킬로미터 정도 감속 운행하고 있었다. 방금 어느 라디오 프로그램 DJ가 저녁쯤이면 비가 그친다고 했다.

라디오를 듣고 있던 은주가 심드렁하게 말했다

"하늘에 먹구름이 가득 끼어 있는데 정말 비가 그칠까?"

하지만 두 사람이 탄 자동차가 민수의 시골집에 거의 다다랐을 때 DJ의 말처럼 비가 그쳤다. 하늘에는 먹구름이 조금씩 동쪽으로 지나가고 있었다.

민수 어머니는 동네 어귀까지 마중 나와 계셨다. 아마 한 시간 전부터 나와 있었을 것이다. 원래 어머니의 마음은 그런 것이니까. 민수와 은주가 타고 있는 자동차가 마을 어귀에 다다르자 어머니의 모습이 점점 가까워졌다.

민수의 시골집에는 오랜만에 식구들이 다 모였다. 아니 이젠 한 사람이 늘었다. 곧 민수와 결혼할 여자, 은주. 부모님과 두 동생들의 시선은 줄곧 서울에서 온 은주에게로 쏠렸다. 그동안 동생들은 사투리를 쓰는 사람들만 보아왔던 터라 TV에서만 보았던 표준말을 쓰는 서울 아가씨, 은주가 마냥 신기하게만 느껴졌다.

민수와 은주는 어머니가 차려주신 저녁을 식구들과 함께 먹었다. 그때 민수는 아버지를 보았다. 공장에서 일하시다가 잘린 아버지의 손이 눈에 들어왔다. 봉합수술을 한 자국이 선명했다. 아버지는 예전에 공장에서 다친 오른손으로 힘겹게 밥을 먹고 있었다. 문득 바라본 아버지의 얼굴은 지난해보다 더 많이 주름져 있었다. 민수는 갑자기 죄송한 마음이 밀물처럼 일었다. 민수는 바쁘다는 핑계로 집에 자주 내려오지 않았던 것이 마음에 가장 걸렸다.

오늘 민수 아버지는 두 사람에게 단 한마디. "왔나."라는 말밖에 하지 않았다. 민수는 아버지의 심정을 알 수 있을 것 같았다, 당신이 공장에서 사고만 당하지 않았더라도 민수가 의대에 들어가 의사가 되었을 텐데, 하고 자책하는 그 심정을.

민수는 애써 웃으며 아버지에게 말했다.

"아버지! 며느릿감으로 은주 어때요?"

"……흐음."

민수의 말에 순간 아버지는 엷은 웃음을 지었다. 민수가 아버지를 웃게 만든 것이다.

아버지는 은주를 보며 말했다.

"은주라고 했더냐? 참, 참하게 생겼다. 밥 먹는 것도 참하고…… 그래, 많이 먹어라."

"네, 아버님."

순간 부끄러운 듯 은주의 뺨에 홍조가 물들었다. 오늘 거의 말을 안 하시던, 민수를 낳아준 아버지이자, 곧 시아버지 될 분에게서 칭찬을 받자 은주는 마음속으로 너무나 기뻤다.

민수는 낮에 먹은 우동이 체했는지 한 시간 전부터 속이 좋지 않았다. 밥을 반 공기 정도 먹었을 때 민수가 수저를 놓자 어머니가 물었다.

"음식이 입에 맞지 않아서 그래? 네가 좋아하는 파전이랑 새우 튀김, 오징어 튀김을 했는데……."

"아니, 맛있어. 그냥 물 좀 마시려고. 오랜만에 식구들이 다 모여서 밥을 먹으니 정말 좋다."

민수는 어머니를 보자 미안한 생각이 들었다. 그래서 다시 놓았던 수저를 들었다. 그는 억지로라도 맛있게 먹어야 했다.

그때 은주도 한몫 거들었다.

"어머니, 시래깃국이 너무 맛있어요. 이렇게 맛있는 국은 처음 먹어봐요. 어머니, 다음에 저에게 비결 좀 가르쳐주세요."

싹싹하게 음식이 맛있다고 하는 은주의 말을 들은 민수 어머니는 기뻤다. 아들이 사랑하고, 장차 이 집안의 며느리가 될 아가씨가 음식을 맛있게 먹을 줄도 알고, 거기에다 싹싹하기까지 하니 더 바랄 게 없었다.

저녁을 다 먹자 어머니가 과일을 깎아 내왔다. 민수는 이제 은주와의 결혼에 대해 말씀드려야겠다고 생각했다. 부모님도 은근히 어서 그 얘기를 해주기를 기다리는 눈치였다.

"아버지, 저 은주랑 결혼할 생각입니다."

아버지는 알고 있다는 듯한 표정을 지으며 말했다.

"처자는 지금 어떤 일을 하고 있지?"

은주가 대답했다.

"네, 지금 민수 씨와 같은 출판사 편집부에서 근무하고 있습니다."

"그렇구나, 사귄 지는 얼마나 되었고?"

"처음에는 민수 씨와 친구로 지내다가 친해져 사귀게 되었습니다. 7년 정도 되었습니다."

아버지는 은주가 민수와 7년 동안 사귀었다면 집안 형편에 대해 어느 정도는 알 거라고 생각했다.

이번에는 민수에게 물었다.

"그래, 사돈 될 분들은 찾아뵙고 인사드렸더냐?"

"네, 인사드리고 승낙을 받았습니다."

아버지 옆에 있던 어머니가 민수에게 물었다.

"그러면 식은 언제 올리려고 생각하니? 사돈댁에게서는 어떻게 말씀하시던?"

"결혼식은 되도록 빨리 할 생각입니다. 장인어른도 그렇게 말씀하시고요. 10월 셋째 주 토요일로 잡았습니다. 이미 예식장도 잡았고요."

순간 어머니의 얼굴 표정이 침울했다. 아버지도 기분이 썩 좋지는 않았다. 민수가 정작 자신을 낳아주고 키워준 부모에게는 단 한마디 상의도 없이 결혼식 날짜를 잡았다는 데 섭섭함을 느꼈던 것이다.

하지만 그런 섭섭함을 겉으로 내색하지는 않았다.

한참 동안 아무 말이 없던 어머니가 물었다.

"그래, 잘했다. 요즘 결혼식 준비한다고 정신이 하나도 없겠구나."

"네, 직장 다니면서 신혼집이랑 여러 가지 알아보느라 좀 바빠요."

"그렇구나."

"너무 걱정하지 마세요. 장인어른께서 집 얻는 데 보태라고 도와주셨거든요."

아버지가 민수에게 미안한 듯한 투로 말했다.

"민수야, 미안하구나. 아비가 되어서 네게 해준 것도 없는 데다

장가가는데 돈을 넉넉하게 해줄 수 있는 형편도 못 되고…… 부끄
럽구나.”

“아니에요. 아버지, 그런 말씀 마세요. 이젠 저도 직장도 있고,
다 컸는데 제가 알아서 해야죠.”

아버지는 눈에 맺히는 눈물을 애써 보이지 않으려 눈을 여러 번
깜박였다. 은주는 예전에 민수에게서 종종 그의 집안 얘기를 들었
다. 그랬던 터라 민수 아버지의 심정을 알 수 있을 것 같았다. 손가
락의 상처가 가족들을 위한 아버지의 헌신이었다는 것을 은주는
누군가가 굳이 말해주지 않아도 알 수 있었다.

시간은 자정을 막 지나고 있었다. 두 사람은 작은방에서 자기로
했다.

작은방은 이미 어머니가 깔끔하게 치워놓은 데다 이불까지 깔
려 있었다. 민수와 은주가 편한 잠옷으로 갈아입었을 때 어머니의
목소리가 들렸다.

“민수야! 은주랑 같이 잠깐 큰방으로 건너오너라.”

민수와 은주가 큰방으로 건너갔다.

잠시 후 어머니는 꼬깃꼬깃 접힌 흰 봉투를 하나 꺼내놓았다. 봉
투에는 내용물이 많이 들었는지 불룩했다. 두 사람이 의아한 표정
을 지으며 아버지와 어머니르르 번갈아 보았다.

민수가 어머니에게 물었다.

“엄마, 웬 봉투야?”

아버지는 딴 곳을 보고 있었다.

잠시 후 어머니가 말했다.

"자, 받아라. 결혼한다고 이것저것 살 것도 많을 텐데 보태 쓰도록 해라. 그동안 네가 보내온 돈이다. 이런 날이 올 줄 알고 너희 아버지랑 어떻게든 천만 원을 만들어보려고 했는데, 잘 안 되더구나."

어머니는 말끝을 잇지 못했다.

흰 봉투에 들어 있는 돈은 그동안 서울에서 민수가 부모님께 보내드린 용돈이었다.

"아버지, 저는 이 돈을 받을 수 없습니다. 제가 부모님께 용돈 하시라고 드린 돈인데 어떻게……."

그러자 어머니는 더욱 미안한 표정을 지었다. 혹시 민수가 돈이 너무 적어서 그러는 건 아닐까, 라고 생각했던 것이다.

민수는 돈을 받지 않으려고 했다. 그러나 어머니가 거듭 손에 쥐여주는 바람에 거절할 수가 없었다. 민수는 방으로 돌아와 봉투 안에 든 돈을 만져보았다. 돈을 만지는 민수의 눈에서 눈물이 하염없이 흘러내렸다.

돈은 모두 990만 원이었다. 그 돈은 매년 명절과 생신 때 민수가 보내드린 부모님의 용돈이었다. 부모님은 용돈을 한 푼도 허투루 쓰지 않고 민수의 결혼식 때를 대비해 모아놓았던 것이었다.

아내를 태운 손수레

나는 부모님의 얼굴도 모른 채 두 살 때부터 고아원에서 자랐습니다.

원장님의 말씀에 의하면 내가 두 살이 되던 어느 날 저녁에 바구니에 담겨 고아원 대문 밖에 버려져 있었다고 합니다.

일주일이 지나고 한 달이 되도록 나를 낳아준 부모님에게서는 아무런 소식이 없었습니다. 그래서 그때부터 중학교를 졸업할 때까지 고아원에서 생활해야 했습니다. 다행히도 고아원의 모든 분들이 나를 친절히 보살펴주었습니다.

내게 엄마가 가장 그리웠던 때는 초등학교 입학식 때였습니다. 다른 아이들은 모두 엄마 손을 잡고 학교로 들어가는데 유독 나만 엄마 대신 나이 많은 고아원 원장님 손을 잡고 들어갔습니다. 그때 나는 엄마가 어디선가 숨어서 나를 지켜보지 않을까 하는 생각에 주위를 두리번거렸습니다.

하지만 엄마는 어디에도 없었습니다. 3월의 차가운 바람만 씽씽 불어댈 뿐이었습니다.

살아오면서 가장 두려웠던 때는 초등학교에 다닐 때였습니다. 친구들은 선생님의 질문에 씩씩하게 대답을 잘했지만 나는 그렇지 못했습니다. 선생님의 질문에 대답은커녕 곧잘 울음을 터뜨렸습니다. 그럴 때마다 친구들은 나를 부모 없는 바보라고 놀려댔습니다. 그때는 정말이지 어디론가 사람들이 나를 찾을 수 없는 곳으로 영영 숨어버리고 싶었습니다.

나는 친구들과도 그리 잘 어울리지 못했습니다. 도시락을 먹을 때조차 나는 혼자였습니다. 친구들의 도시락에는 맛있는 반찬들이 가득했지만 내가 싸온 도시락에는 김치와 깍두기가 전부였기 때문이었습니다. 창피해서 나 스스로 친구들과 섞이지 못했던 것입니다. 무엇보다 엄마가 없는 나를 친구들이 좋아할까 하는 생각이 들었습니다.

그동안 살아오면서 나에게 가장 상처가 되었던 말이 하나 있습니다. 그것은 고아라는 말입니다. 나는 남들에게 부모가 없어 가정교육을 받지 못했다는 말을 듣지 않으려고 조심했습니다. 친구들과 다툼이 생길 때조차 나는 먼저 나의 잘못을 인정하곤 했습니다.

하지만 친구들 중에 꼭 한 명씩은 이런 나의 약점을 이용하는 친구가 있었습니다. 결국 그 친구와 싸우게 되었고 그 친구 엄마에게 부모 없이 자라 막돼먹은 호래자식이라는 소리를 들었습니다. 그런 날에는 고아원 뒤에 있는 공터에서 소리 죽여 울었습니다. 그땐 마치 내 마음속의 어떤 깊은 한이 눈물을 멈출 수 없게 하는 것 같았습니다. 차라리 이대로 울다가 죽어버렸으면 좋겠다고 생각한 적도 참 많았습니다. 그 순간엔 정말 세상이 싫었습니다. 또, 나를 버린 부모님이 죽도록 미웠습니다.

친구들에게서 상처를 받을 때마다 내 마음의 문은 조금씩 닫혔습니다. 그래서 그런지 친구라고는 영식이밖에 없습니다. 세상에서 가장 나를 잘 이해해주는 사람은 원장님과 그 친구뿐이었습니다. 사실 영식이도 어릴 때 어머니가 돌아가시고 줄곧 누나와 아버지와 생활했습니다. 영식이 아버지는 막노동을 하며 생계를 이어갔고 일을 나가는 날보다 술에 취해 집에 있을 때가 더 많았습니다. 그런저런 아픔이 있기에 그 친구가 다른 사람들보다 나의 마음을 잘 이해하는 것이겠지요.

중학교를 졸업하자마자 돈을 벌기 위해 밤낮없이 일했습니다.

새벽에는 신문을 돌리고 낮에는 주유소에서 기름을 넣었습니다. 가끔 내 또래의 아이들이 교복을 입고 걸어 다니는 모습을 보았습니다. 그럴 때마다 너무나 부러워서 그 아이들을 한동안 물끄러미 쳐다보곤 했습니다. 그런 순간에는 부모님 생각이 파도처럼 밀려왔지만 어느새 그리움은 미움으로 변했습니다.

나는 그런 친구들의 모습을 보면서 더욱 악착같이 일에 매달렸습니다. 하루에 고작 다섯 시간 정도 자며 일하다 보니 통장에 조금씩 돈이 쌓여갔습니다. 부모님에 대한 그리움은 늘어나는 통장 잔고로 대신했습니다. 세상에 복수하는 길은 돈을 악착같이 버는 길밖에 없다고 생각했기 때문이었습니다. 많은 돈을 벌어 남들처럼 떵떵거리며 살고 싶었습니다.

어느덧 나도 군대를 가게 되었습니다.

군인이 된다는 것은 이제 어른이 되었다는 말이지만, 나에게는 어른이 된 것을 기뻐해주는 사람이 아무도 없었습니다. 군에 입대하기 위해 열차에 오르는 순간까지 처절한 외로움과 그리움이 마음속에서 뒤섞였습니다. 나는 세상에 복수하기 위해 군에서 더욱 강한 남자가 되어서 오겠다며 이를 악물었습니다.

군에서 모처럼 첫 휴가를 나왔지만 갈 곳이라는 고아원 말고는 아무 데도 없었습니다. 나는 휴가를 아파트 건설현장에서 막노동을 하며 보냈습니다. 그동안 힘든 훈련으로 몸과 마음이 많이 지쳐 있었지만 외로움을 견디기 위해 오로지 일에만 마음을 쏟았습니다.

첫 휴가를 나오면 친구들과 술을 마시고 2차로 아가씨 집에 간다는 것을 귀대해서 알았습니다. 나 외의 다른 군인들은 그렇게 군 복무 중 쌓인 스트레스를 풀었던 것이었습니다.

군에서 무사히 제대한 뒤 싱크대를 만드는 작은 공장에 취직했습니다. 직원이라야 열다섯 명밖에 되지 않는 아주 영세한 공장이었습니다. 월급은 그리 많지 않았지만 잔업을 하면 그럭저럭 생활비를 충당하고 저축도 조금씩 할 수 있었습니다. 나는 돈이 불어나는 재미에 일이 힘든 줄도 몰랐습니다.

하지만 갑자기 공장이 어렵다는 소문이 들리더니 두 달 후 나는 공장을 그만두어야 했습니다. 하는 수 없이 군대에서 휴가 나와 해본 적이 있는 막노동 일을 했습니다. 몸은 힘들었지만 단기간에 돈을 벌 수 있었습니다. 3년을 쉬지 않고 일하자 돈도 어느 정도 모였습니다. 그동안 저축한 돈으로 작은 치킨집을 개업할 수 있었습니다.

드디어 내 가게를 차렸다는 생각에 너무나 기뻤습니다. 그동안 너무나 힘들었지만 앞으로는 좋은 일들만 있을 것 같은 예감이 들었습니다. 매일 이른 아침에 일어나 누구보다 먼저 가게 문을 열었습니다.

사람들에게 친절과 정성을 다하자 하루하루 손님이 늘었습니다. 또, 매상도 덩달아 올랐습니다. 나에게 이보다 더 큰 행복은 없었습니다.

그녀를 만난 건 그 무렵이었습니다.

그녀는 치킨가게에서 한 블록 정도 떨어진 곳에 있는 가전제품 대리점에서 경리를 보고 있었습니다. 사무실에는 그녀 외에 두 사람이 더 있었습니다. 나는 처음에 그녀에게 별다른 감정을 갖지 않으려고 애썼습니다. 그녀는 나보다 키도 컸을 뿐 아니라 얼굴이 예뻐서 남자들에게 인기가 많았기 때문이었습니다. 때문에 그런 그녀를 좋아한다는 것은 말도 안 된다고 생각했습니다.

하지만 어느 날부터인가 그녀를 조금씩 좋아하기 시작했습니다. 그녀를 좋아한다고 생각한 순간부터 그녀의 얼굴을 제대로 볼 수 없었습니다. 그녀의 별 뜻 없는 인사에 나의 얼굴은 발갛게 물들곤 했습니다.

그녀가 다니는 대리점에서는 어김없이 일주일에 두 번, 수요일과 토요일에 치킨을 배달시켰습니다. 나는 은근히 수요일과 토요일이 기다려졌습니다. 그녀와 나는 배달로 인해 알게 된 인연이지만 자주 얼굴을 보면서 서로의 간격을 조금씩 좁혀갔습니다.

그녀를 알게 된 지 1년이 지났을 때, 나는 용기를 내어 그녀에게 데이트를 신청했습니다. 사실 그녀에게 데이트를 신청하기까지 근한 달 동안이나 고민했습니다. 괜히 데이트를 신청했다가 다시는 그녀를 볼 수 없게 되지는 않을까, 부담을 느낀 그녀가 더 이상 치킨을 시키지 않으면 어떡하나 하는 생각에…….

하지만 그녀는 나의 데이트 신청을 흔쾌히 받아들였습니다.

우리는 근처 식당에서 삼겹살을 구워 먹었습니다. 평생 처음으로 여자와 단둘이 먹는 삼겹살이었기에 너무나 긴장된 나머지 얼굴을 들지 못한 채 연신 고기만 구워댔습니다. 그녀도 나처럼 수줍음이 많은 여자 같았습니다. 그래서 우리 둘 다 입을 꾹 다문 채 고기만 먹었습니다.

그날 그녀를 데리고 친구 영식이가 분위기가 좋다며 추천해준 술집으로 갔습니다.

실내에서는 분위기 있는 조용한 음악이 흘러나왔습니다. 군데군데에서 젊은 연인들이 맥주를 마시고 있었습니다. 우리 둘은 창가 쪽에 앉았습니다. 테이블은 깨끗하게 닦여 있었고 창밖에서는 별들이 금방이라도 잡힐 듯 빛을 발하고 있었습니다.

잠시 후 종업원이 주문을 받으러 왔고 그녀는 과일 안주랑 밀러

세 병을 주문했습니다. 곧 맥주가 나왔고 병뚜껑은 냅킨으로 감싸여 있었습니다. 나는 병뚜껑을 따기 위해 병따개를 찾았습니다. 그런데 병따개는 보이지 않았습니다.

그래서 큰 소리로 종업원을 불렀습니다. 나는 종업원에게 병따개로 맥주병을 따는 시늉을 하며 말했습니다.

"병따개 좀 갖다주시죠."

그러자 종업원은 살짝 웃는 것이었습니다. 그러곤 이렇게 말하는 것이었습니다.

"밀러는 그냥 손으로 살짝 돌려서 따는 거예요."

그녀를 보니 그녀는 어느새 냅킨을 살짝 돌려 병뚜껑을 따고 있었습니다. 그땐 정말 어디론가 숨고 싶었습니다. 그녀에게 정말 멋있게 보이려고 노력했는데 모든 것이 한순간에 물거품이 된 것 같은 기분이었습니다.

하지만 맥주를 마시자 술기운에 용기가 생겼습니다. 조금씩 그녀에게 말을 걸었습니다. 맥주를 마신 탓에 그녀의 볼이 발갛게 물들었습니다. 그런 그녀의 얼굴을 보자 참 아름답다는 생각이 들었습니다.

나는 태어나 그날처럼 누군가와 그렇게 많은 얘기를 나누었던 적이 없었습니다. 그녀와 얘기를 하면서 그녀도 나에게 호감을 가지고 있다는 느낌을 받았습니다. 그런 기분이 들자 너무나 기뻤습니다.

사실 나는 술을 잘 마시지 못합니다.

하지만 그날은 그녀가 내 앞에 앉아 있다는 사실이 기뻐서 보통 때보다 많이 마셨습니다. 그리고 무엇보다 그녀에게 약한 모습을 보이고 싶지 않았습니다. 하지만 맥주 세 병에 취하고 말았습니다. 비틀거리는 나를 그녀가 부축해주었습니다.

그날 나를 취하게 한 것은 맥주가 아니었습니다. 아름다운 그녀의 마음이었습니다. 나를 부축하며 걷는 그녀에게서 좋은 냄새가 났습니다. 얼핏 국화꽃 향기 같기도 했고 비누 냄새 같기도 했습니다.

하지만 나중에야 알았습니다. 그 어떤 사람에게서도 맡을 수 없는 그녀의 냄새라는 것을…….

나는 그날 처음으로 사랑이라는 감정이 어떤 것인지 느낄 수 있었습니다.

그날 이후로 그녀와 나는 빠르게 친해졌습니다.

그녀는 퇴근하고 나면 치킨가게로 오곤 했습니다. 그러면 그녀를 데리고 근처 공원을 걷기도 하고 가끔 호프집에서 시원한 맥주를 마시기도 했습니다. 물론 더 이상 취해 비틀거리는 일은 없었습니다.

어느덧 우리에게도 첫 번째 크리스마스가 다가왔습니다.

나는 몇 주 전부터 그녀와 어떤 추억을 만들까 고민했습니다. 그러다 그녀를 데리고 부산 해운대로 갔습니다. 거리에는 작은 전구들이 앞다퉈 반짝였고 사람들이 넘쳐났습니다. 그녀와 나도 부산 시내를 구경했습니다. 낯선 곳에서 그녀와 함께 있다고 생각하니 마음이 새로웠고 행복했습니다.

그날따라 밤바다를 비추는 별이 유난히 반짝였습니다. 그녀와 백사장에 앉아 있는데 마치 별들이 땅 위로 쏟아질 것 같았습니다. 그날 나는 해운대 바닷가에서 그녀에게 처음으로 키스를 했습니다.

힘든 일이 있을 때마다 그녀를 생각했습니다. 어떤 어려움도 그녀를 생각하면 힘들게 느껴지지 않았습니다. 하루하루 열심히 닭을 튀겼고 돈을 조금이라도 아끼기 위해 사람을 쓰기보다 직접 배달을 갔습니다

마침내 나는 그녀를 만난 지 2년이 다 되었을 때 그녀에게 프러포즈를 했고, 그녀와 결혼을 하게 되었습니다.

우리는 서로의 돈을 보태어 자그마한 집을 마련할 수 있었습니다. 그 집에 이사한 첫날, 드디어 내 집이 생겼다는 생각에 너무나 기뻐 새벽까지 잠을 이룰 수 없었습니다. 내 생애에서 가장 행복했던 날이기도 했습니다.

어느 날, 친한 친구 영식이가 찾아와 작은 가게를 하나 낼 생각이라며 보증을 부탁했습니다. 그녀는 나에게 보증을 서주면 집을 나갈 거라며 으름장을 놓았습니다.

하지만 나는 누구보다 나를 잘 이해해주는 친구를 외면할 수 없었습니다. 그래서 그녀 몰래 영식에게 보증을 서주었습니다.

친구는 곧 가게를 차렸고 매달 대출금을 갚아나갔습니다. 얼마 간은 장사가 잘되는 듯했습니다.

어느 날이었습니다.

친구에게서 전화가 걸려왔습니다. 지금 문제가 생겨 잠시 연락이 안 될 거라는 짧은 말만 남기고는 전화가 끊어졌습니다. 사실 나는 그때까지도 친구에게 서준 보증 때문에 다시 힘들어질 거라는 사실을 알지 못했습니다.

그리고 며칠 후 정장을 입은 사람들이 가게로 들이닥쳤습니다. 나는 집을 팔아 그 대출금을 갚아야 했습니다. 그리고도 대출금에 못 미처 가게까지 문을 닫아야 했습니다. 그날 그 누구도 아닌 그녀에게 가장 미안했습니다.

그녀는 며칠 동안 눈물만 흘렸습니다.

나는 회사에 들어가려고 이력서를 넣었지만 받아주는 곳은 아무 데도 없었습니다. 몇 달간 수십 군데를 알아보다 시장에서 손수레로 물건을 실어 나르는 일을 했습니다. 그녀는 집에서 옥수수를 쪄서 시장에 내다 팔았습니다. 시장에서 옥수수를 하나라도 더 팔려고 애쓰는 그녀의 모습을 볼 때면 가슴이 너무나 아팠습니다.

하지만 그런 그녀에게 내가 해줄 수 잇는 것은 아무것도 없었습니다. 얼른 돈을 벌어 예전의 생활을 되찾아주는 것밖에는.

그녀와 결혼한 지 어느덧 40년이 흘렀습니다. 나와 그녀의 얼굴에도 주름이 잡혔고 머리에는 하얀 서리가 내렸습니다.

어느 날이었습니다.

그날도 다른 날과 마찬가지로 그녀는 옥수수를 팔기 위해 시장으로 가려고 서두르고 있었습니다. 나는 힘들게 장사를 하는 그녀가 너무 안쓰러워 입술을 깨물며 그녀의 머리 위에 옥수수가 담긴 박스를 올려주었습니다.

나는 그녀에게 미안한 마음에 말했습니다.

"여보, 많이 힘들지? 조금만 참아. 곧 예전처럼 잘살 수 있을 거야."

그녀는 나를 보고 미소를 지으며 대답했습니다.

"어휴, 당신도. 매일 하는 일인데 새삼스럽게. 당신이랑 이렇게 일할 수 있어 얼마나 좋은지 몰라요. 이렇게 열심히 살면 곧 잘살 수 있겠죠? 그렇다고 당신, 너무 무리하지 마세요."

나는 그녀의 얼굴을 보면서 마음이 아팠습니다. 그동안의 고생으로 인해 그녀의 얼굴에는 또래에 비해 주름이 많았기 때문입니다. 그녀가 먼저 행상을 나가면 나도 곧 뒤따라 일하러 나갔습니다. 그녀는 시장통에서 오가는 사람들에게 옥수수를 팔았고, 나는 무거운 짐을 집까지 날라다 주었습니다.

그녀는 행인들에게 "영양 많고 맛있는 옥수수 사세요!"라고 목이 쉬도록 외쳤습니다. 나는 그녀의 목소리를 들을 때면 가슴이 미어져 그녀의 목소리가 들리지 않는 곳으로 일부러 피하곤 했습니다.

무더운 여름날에는 가만히 서 있기만 해도 땀이 비 오듯 줄줄 흘러내렸습니다.

하지만 그녀는 덥다고 해서 일을 거르는 법이 없었습니다. 다시 예전처럼 조그마한 가게라도 차리면 잘살 수 있을 거라는 생각에 힘든 줄도 몰랐기 때문입니다. 우리의 예금통장에는 돈이 조금씩 불어나고 있었습니다. 조금만 더 고생하면 작은 가게를 하나 낼 수 있을 것 같았습니다. 그만큼 삶의 희망도 날로 커져갔습니다.

ㅁㅁㅁㅁㅁㅁㅁㅁㅁㅁㅁㅁㅁ

그러던 겨울의 어느 날이었습니다.

아침에 조금 늦는다고 말하며 행상을 나간 아내가 저녁이 되어도 집에 들어오지 않았습니다. 나는 별일이야 있겠냐며 느긋하게 기다렸습니다.

어느덧 시간은 밤 9시를 훌쩍 지나고 있었습니다.

그 순간 나는 나이를 먹으면서 밤눈이 어두워졌다는 그녀에게 무슨 사고라도 난 건 아닐까 서서히 걱정되기 시작했습니다.

나는 서둘러 손수레를 끌고 시장으로 갔습니다.

시장에는 사람들이 거의 돌아갔고 상가에도 불이 꺼져 있었습니다. 나는 그녀를 찾기 위해 시장 곳곳을 헤맸습니다.

그러나 그녀의 모습은 어디에서도 보이지 않았습니다. 그렇게 헤매고 다닌 지 한 시간쯤 지났을 때 혹시 지금쯤 그녀가 집에 와 있을지도 모른다는 생각이 들었습니다. 나는 다시 집으로 향했습니다. 시장을 빠져나갔을 때 머리에 박스를 이고 양손에 물건을 잔뜩 들고 걸어가는 그녀가 보였습니다.

　나는 손수레를 길가에다 세워 두고 그녀에게 큰 소리로 야단쳤습니다.

　"이 시간까지 뭐 했어! 그리고 지금 들고 있는 것들은 다 뭐야? 미련하게 왜 걸어가? 버스나 택시를 타지!"

　그러자 그녀는 순간 눈물을 쏟으며 말했습니다.

　"오늘 당신 생일이잖아! 그래서 당신 맛있는 거 해주려고 장 좀 봤어요. 근데 물건이 너무 많아서 그런지 버스가 그냥 지나치잖아. 하는 수 없이 걸어가려고……."

　"앞으로 이렇게 속 썩일 거면 생일 같은 거 안 챙겨줘도 돼! 그리고 버스가 안 서면 택시를 타야지, 미련하게 정말……! 이리 줘! 병이라도 나면 어쩌려고 그래."

　나는 그녀가 너무나 사랑스러웠지만 한편으로는 밉기도 했습니다. 누군가를 아끼고 깊이 사랑하면 이토록 밉기도 한다는 것을 그날 처음 알았습니다.

　"택시를 타고 가면 오늘 하루 번 거 고스란히 택시비로 날리게요. 당신, 많이 걱정했나 보네요. 후훗."

　나는 그녀의 짐을 손수레에 실었습니다. 그녀는 내 옆에서 가만히 웃고 있었습니다. 나는 고생을 하면서도 한 번도 내색하지 않는 그녀가 너무나 고마웠습니다. 나는 그녀를 번쩍 안아 손수레에 태웠습니다. 거리에는 이따금 사람들이 지나다니고 있었습니다. 그녀는 부끄러운지 내려달라고 야단이었습니다.

　하지만 나는 그런 그녀에게 웃으며 큰 소리로 이렇게 말했습니다.

“자, 여왕님, 그럼 지금부터는 여왕님을 제가 집까지 편하게 모시겠습니다.”

그녀는 부끄러운 듯이 두 손으로 얼굴을 가리고 있었습니다. 남들처럼 좋은 자동차에 편안한 좌석은 아니었지만 그녀는 너무나 행복한 미소를 짓고 있었습니다.

그때 나는 결심했습니다. 앞으로, 아니 영원히 그녀만을 사랑하겠다고, 다시 세상에 태어난다 해도 그녀와 결혼하겠다고…….

집에 거의 다다랐을 때 눈이 내리기 시작했습니다.

그녀는 눈을 보곤 아이처럼 마냥 비명을 지르며 좋아했습니다.

눈은 어느새 함박눈으로 바뀌어 길에 쌓이고 있었습니다. 손수레에도, 그녀의 머리카락과 어깨 위에도 조용히 눈이 쌓이고 있었습니다.

내리는 눈을 보며 나는 마음속으로 기도했습니다. 훗날 그녀가 세상을 떠나는 날이 왔을 때 나도 함께 갈 수 있게 해달라고…….

사랑하는 그녀 없이 혼자 세상을 산다는 건 죽음보다 더 고통스러울 테니까요.

아내가 가져온 불고기

사방이 온통 깜깜한 새벽.

살을 에는 찬 바람만 씽씽 불어댔습니다. 봉수는 오늘도 일자리에 대한 기대를 안고 새벽부터 인력시장으로 나왔습니다.

큰길가 옆에 위치해 있는 인력시장에는 벌써부터 많은 사람들이 나와 길을 에워싸고 있었습니다. 길가에 쪼그리고 앉아 담배 연기를 한숨처럼 내뱉는 사람, 얇은 점퍼 하나 걸치고 구석진 곳에 웅크리고 앉아 있는 사람 등 모두가 하루 벌어 먹고사는 사람들이었습니다. 그들의 얼굴에는 나이에 비해 많은 주름이 잡혔고, 사회에 대한 불만이 가득해 보였습니다.

봉수는 경기침체로 인해 공사장 일을 하지 못한 지 벌써 석 달이 지나고 있었습니다. 작년 여름까지는 그나마 한 달에 열흘 이상은 아파트 공사장이나 개인 주택 공사장에서 일을 할 수 있었습니다.

그러나 갑자기 경기가 나빠져 하루아침에 직장을 잃은 사람들이 인력시장으로 몰리는 바람에 허탕 치는 날이 허다했습니다. 또, 봉수가 나오는 인력시장의 소장이 사업 수완이 좋아 다른 곳보다 일거리가 많다는 소문이 퍼지자 조선족까지 몰려들어 공사장 일을 나가기가 하늘에 별 따기만큼이나 힘들었습니다.

때문에 어떤 인부들은 소장에게 지정된 소개비 외에 감사비 명목으로 웃돈을 얹어주기도 했습니다. 소장은 이런 사람들 위주로 공사장으로 인력을 내보내곤 했던 것이었습니다.

소장은 길게 늘어서 있는 사람들에게 짐승을 가리키듯 손가락으로 까딱하며 일자리를 주었습니다.

하지만 누구 한 사람 선뜻 나서서 욕을 하거나 대드는 사람은 없었습니다.

지난주에는 처음 나온 젊은 사람이 소장이 자신을 가리키며 손가락을 까딱하자 기분 나쁘다며 욕을 퍼부었습니다. 소장은 즉시 그 사람 대신 다른 사람을 공사장으로 내보냈습니다. 인력시장에서는 소장의 눈에 들지 못하면 찬밥 신세가 되고 마는 것이었습니다.

때문에 사람들은 소장에게 짐승과 같은 심한 무시와 멸시를 당해도 꾹꾹 참을 수밖에 없었습니다.

시간은 6시를 지나고 있었습니다. 길거리에 죽 늘어서 있던 사람들은 한 명씩 각자 일터를 찾아 사라졌습니다.

공사장을 향해 걸어가는 사람들의 어깨는 당당하지만, 서서 대기하고 있는 사람들의 어깨는 날개 꺾인 새처럼 움츠려졌습니다. 그들의 표정 속에는 하나같이 '제발, 오늘도 공치지 말았으면……'

하는 간절함이 담겨 있었습니다. 그들의 모습은 침울하다 못해 절망스럽기까지 했습니다.

사람들이 반 정도 빠져나갔을 때 가랑비가 내리기 시작했습니다. 찬 바람과 뒤섞여 내리는 가랑비는 뼛속까지 춥게 했습니다. 잠시 후 소장이 "오늘은 여기까지만!"이라는 말로 간절하게 자신이 선택받았으면 하는 사람들에게 날카로운 비수를 꽂았습니다. 그러자 이런 일에 이력이 난 사람들은 무거운 발걸음으로 뿔뿔이 흩어졌습니다.

'아, 오늘도 허탕이라니!'

봉수는 마음이 착잡했습니다. 길게 한숨을 내쉬는 그의 얼굴 표정에는 이대로 땅 밑으로 푹 꺼져버렸으면 하는 마음이 묻어났습니다.

아내와 아이 둘과 살고 있는 집세는 벌써 석 달째나 밀려 있었습니다. 봉수의 아내는 지난달부터 동네 근처에 있는 식당에 일을 다니며 봉수 대신 힘겹게 가게를 꾸려가고 있었습니다.

아내는 오전에 일을 나가 자정이 다 되어서야 집으로 돌아왔습니다. 그때쯤이면 아이들은 다 자고 있고, 봉수는 수돗가에 나와 담배를 피우며 아내를 기다렸습니다. 아내는 잠을 자면서도 하루 동안 시달린 식당 일로 힘들었는지 끙끙 앓았습니다. 그럴 때마다 봉수는 아내가 깨지 않도록 살그머니 방을 빠져나가 수돗가에 쪼그리고 앉아서 연신 담배만 피우곤 했습니다.

봉수는 아이들과 함께 받는 초라한 밥상이 그저 죄스러울 따름이었습니다. 아이들은 어묵 반찬이나 고기 반찬이라도 올라오는 날이면 서로 많이 먹겠다고 야단이었습니다. 봉수는 아이들의 그런 모습들을 볼 때면 가장으로서 죄스러워 고개를 푹 숙인 채 맨밥만 먹을 뿐이었습니다.

아바지의 이런 모습을 본 큰 녀석 형준이가 물었습니다.

"왜 아버지는 반찬은 안 먹어? 맛있는데……."

봉수는 억지로 웃으며 이렇게 대답하는 것이었습니다.

"음…… 아버지는 어묵이랑 고기 반찬은 싫어해. 형준이와 성준이는 많이 먹어야 돼, 그래야 얼른 쑥쑥 크지."

말을 하는 봉수의 눈가에는 이슬이 보일 듯 말 듯 맺혔습니다.

봉수의 눈가에 맺힌 눈물을 아내는 몰래 지켜보았습니다.

하지만 늘 그렇듯이 내색하지 않았습니다. 그렇게 하는 것이 남편의 마음을 조금이라도 편하게 해주는 것임을 잘 알기 때문이었습니다.

봉수는 아침을 먹고 나서 일자리를 알아보러 나갈 생각이었습니다. 인력시장 말고도 일을 할 수 있는 곳이라면 어디라도 달려갈 작정이었습니다.

봉수는 이런 자신이 비참해서 거울을 보지 않았습니다. 만약 거울 속에 비친 자신의 모습을 보게 된다면 그 비참함을 도저히 참을 수 없을 것만 같았기 때문이었습니다. 그래서 그는 언젠부턴가 거울 속에 비친 자신의 모습을 보지 않고 외출을 했습니다.

봉수는 하나밖에 없는 신발, 목이 긴 작업화 속에 발을 밀어넣었습니다. 작업화 속에 발을 밀어 넣으며, 어쩌면 자신의 처지가 발처럼 깊은 어둠 속에서 빠져나올 수 없는 건 아닐까 하는 생각이 들었습니다. 그는 작업화의 끈을 세게 조여 맸습니다, 그러고는 바닥에 끌리는 소리가 나지 않도록 조심스레 걸었습니다. 남의 집에 얹혀사는 사람에게는 발소리조차 자신의 것이 아니기 때문입니다. 특히 집세가 여러 달째 밀린 사람이라면 더더욱……. 봉수는 혹시라도 주인집 아저씨를 맞닥뜨릴까 봐 불안했씁니다.

큰길가에 나온 봉수는 비로소 마음을 놓을 수 잇었습니다.

봉수는 벽이나 전봇대에 붙은 구인 광고를 보고 일자리를 찾아가보았습니다. 음식점 배달 일과 이삿짐센터, 아파트 경비 일을 알아보았지만 모두 허사였습니다. 점심을 거르고 저녁까지 돌아다녀 보았지만 자신이 일할 수 있는 곳은 단 한 군데도 없었습니다.

사실, 업주들은 봉수의 외모를 보고 퇴짜를 놓았는지도 모를 일이었습니다. 봉수가 입은 점퍼는 낡고 해져 여러 번 기웠을 뿐 아니라 신고 있던 것은 공사장에서 일할 때 신는 작업화였기 때문입니다.

특히 몇 달간 거울을 보지 않은 그의 얼굴은 수염이 자라 덥수룩했고 머리는 자르지 않아 엉망이었습니다. 이런 그에게 선뜻 일자리를 줄 사람은 없었을 것입니다.

봉수는 저녁 즈음에 친구 준석을 만났습니다. 준석은 몇 달 전에 갓 신축한 아파트에서 경비원으로 근무하고 있었습니다. 얼마 전까지만 해도 자신과 마찬가지로 아파트 공사장에서 일한 친구였습니다.

오랜만에 봉수를 만난 준석은 그를 근처 돼지국밥집으로 데리고 갔습니다.

준석은 예전의 힘든 생활을 벗어나서인지 몸에 살도 쪘고 얼굴에는 번드르르한 윤기가 흘렀습니다. 준석은 마치 자신과 다른 세계에 있는 사람 같았습니다. 준석은 조용히 앉아 있는 봉수에게 그저 많이 먹으라고 말할 뿐이었습니다. 봉수는 마음속으로 내내 일자리를 부탁할 기회만 엿보고 있었습니다. 소주 한 병을 비우고 준석이 새로 한 병을 따서 봉수에게 따라 주었습니다.

봉수는 술을 마신 뒤 용기를 내어 준석에게 말했습니다.

"요즘 인력시장에는 웬 사람들이 그렇게 많이 몰려드는지……
벌써 석 달째 일을 못 나갔어. 집세는 여러 달 밀렸고, 그래서 말인데…… 자네 다니는 아파트에서 나도 일 좀 할 수 없을까……."

그러자 준석은 담담하게 말했습니다.

"그러게, 요즘 경기가 나빠서 큰일이야…… 사실 지금 내가 다니고 있는 아파트에서도 경비원을 몇 명 자른다는 소문이 돌더라고. 이거 어쩌지, 도움을 주지 못해서……."

준석은 봉수에게 도움을 줄 순 없어도 오늘 술값은 자신이 내겠다며 미안해했습니다. 봉수는 비참했습니다. 세상 어디에도 자신을 받아주는 곳이 없다는 생각에…….

봉수는 저녁을 먹고 나서 친구와 곧장 헤어졌습니다.

집을 향해 걷는 그의 걸음걸이는 한 걸음 한 걸음 억지로 내딛는 듯이 무거워 보였습니다. 오늘따라 유난히 동네 식당에는 가족들끼리 고기를 구워 먹는 사람들이 많았습니다. 그들을 보다 문득 집에서 자신을 기다리고 있을 형준이와 성준이가 생각났습니다.

요즘 봉수에게는 작은 바람이 있습니다. 그것은 다름 아닌 아이들에게 고기를 마음껏 먹게 해주었으면 하는 것이었습니다. 봉수는 이따금 맛있는 음식을 소개해주는 TV 프로그램에 빠져 있는 아이들의 모습을 볼 때면 가장으로서 너무나 슬펐습니다.

봉수는 술에 취해 흥얼거리며 가족이 기다리는 달동네를 향해 걸었습니다. 밤하늘에는 달이 밝게 빛나고 있었습니다. 몇 달 전까지만 해도 그는 공사장에서 힘든 일을 마치고 집으로 돌아올 때 밤거리를 비추는 달을 보며 곧 좋은 날이 올 거라고 믿었었습니다.

하지만 이제는 희망은 온데간데없고 절망만 가득했습니다. 지금은 인생을 사는 것이 아니라 하루하루 버틴다고 말하는 것이 옳은 표현인지도 모릅니다. 유난히 밝은 달빛에 봉수의 얼굴이 더욱 야위어 보였습니다.

조금만 더 걸으면 집이었습니다.

봉수가 집 앞에 다다르자 성준이가 뛰어왔습니다.

그리고는 다급한 목소리로 말했습니다.

"아빠, 왜 이렇게 늦게 왔어? 오늘 엄마가 고기 사 왔는데. 아빠 오면 먹는다고 여태 기다리고 있었잖아."

정말 집 안으로 들어서자 맛있는 고기 냄새가 났습니다.

'지금 자정이 다 되어가는데 이 시간에 웬 고기지?'

봉수는 의아해했습니다. 아내는 앞치마를 두르고 고기를 굽고 있었습니다. 아내 뒤에는 아이들이 고기 냄새를 맡으며 싱글벙글 웃고 있었습니다.

봉수는 아내의 월급날이 아직 2주일이나 남았다는 것을 알고 있었습니다.

그는 어떻게 된 일인지 아내에게 물었습니다.

"이 시간에 웬 고기야? 그리고 고기는 어디서 났어?"

그러자 아내는 미소를 지으며 대답했습니다.

"오늘 사장님이 우리 애들 가져다주라며 고맙게도 이렇게 고기를 싸 주시더라고요. 그렇지 않아도 형준이랑 성준이가 며칠 전부터 고기가 먹고 있다고 했는데, 어찌나 고맙던지⋯⋯."

봉수는 아이들이 고기를 실컷 먹은 수 있다는 생각에 순간 기뻤습니다.

그러나 이 기쁨도 잠시, 아내에게 못마땅한 듯이 말했습니다.

"아니, 여보! 지금 집세도 못 내는 형편에 고기 냄새 풍기면 주인 볼 면목이 없잖아."

"저도 그게 마음에 걸려서 일부러 지금 이 시간에 저녁을 준비했어요. 지금 자정이 다 되어가는데 아직까지 안 주무시고 계실까요?"

아내는 곧 불고기가 담겨 있는 접시를 내왔고 아이들은 탄성을 질렀습니다. 불고기 앞에서 형준이와 성준이의 잎은 꽃잎처럼 활짝 열렸습니다. 봉수는 아이들의 먹는 모습만 보아도 행복했습니다. 봉수는 아버지로서 아이들에게 고기 한번 배부르게 사주지 못한 자신의 부끄러움을 꾹꾹 눌러 감추며 대신 체한다며 천천히 먹으라고 아이들을 야단쳤습니다.

“인마, 천천히 먹어! 체할라.”

성준이는 입속에 불고기를 잔뜩 넣고 씹으며 엄마에게 말했습니다.

“엄마, 내일 또 불고기 해줘. 너무 맛있어! 엄마, 알았지?”

아내는 미안한 어조로 아이에게 말했다.

“우리 성준이, 고기 엄청 먹고 싶었구나. 많이 먹어, 여기 많이 있으니까. 그런데 고기는 너무 자주 먹으면 안 돼. 가끔씩 먹어야 이렇게 맛있는 거야.”

“응!”

성준이는 불고기가 많이 있다는 엄마의 말에 안심이 되어 큰 소리로 대답했습니다.

이런 아이들을 바라보는 아내의 마음은 어느새 따뜻해졌습니다. 오랜만에 느끼는 행복이었습니다.

아내는 아이들 몰래 봉수의 그릇에다 불고기 몇 점을 올려놓았습니다.

“여보, 당신도 드세요. 맛있어요.”

“응, 당신 배고플 텐데 어서 먹어. 난 준석이 만나서 저녁 먹고 왔어.”

봉수는 아내의 성화에 못 이겨 불고기 몇 점을 입 안에 넣었습니다. 그러고는 마당에 나와 달빛을 받으며 담배를 꺼내 물었습니다. 담배 연기 때문이었을까, 그의 두 눈에서는 굵은 눈물이 얼굴을 타고 흘러내렸습니다.

하지만 봉수는 누가 볼까 봐 얼른 손으로 눈물을 닦았습니다.

□□□□□□□□□□□□□□□

봉수는 마음이 아팠습니다.

아내가 가지고 온 고기는 식당 주인이 준 것이 아니었습니다. 아내는 며칠 전부터 고기가 먹고 싶다는 아이들에게 고기를 먹이기 위해 손님들이 남기고 간 쟁반의 불고기를 몰래 비닐봉지에 담아왔던 것이었습니다. 아내가 봉수에게 놓아준 불고기 속에 누군가가 씹던 껌이 들어 있었던 것이었습니다.

하지만 봉수는 아내가 볼까 봐 얼른 그것을 집어삼켰습니다. 혹시라도 아내가 눈치챈다면 아내의 마음이 이 세상 누구보다 슬플 것이기 때문입니다.

무엇보다 지금 눈앞에 있는 이 작은 행복만이라도 아내와 아이들에게 주고 싶었기 때문입니다.

세상에서 가장
소중한 선물

8월의 어느 날 오후, 강렬한 태양이 땅을 뜨겁게 달구고 있었습니다. 나무에서는 매미가 귀청을 찢을 듯이 요란하게 울어댔습니다.

동네 아이들은 매미를 잡겠다며, 큰 느티나무를 타거나 그 아래에 서서 매미 잡는 친구를 구경하고 있었습니다. 느티나무에서 그리 떨어지지 않은 곳에는 찌그러진 양철 대문에 쓰러질 듯 위태해 보이는 작은 슬레이트집이 있었습니다. 이 집에서 종희는 온종일 혼자 놀았습니다. 어머니가 돈을 벌기 위해 아침부터 늦은 밤까지 동네 근처에 새로 들어선 작은 제지공장에서 일을 했기 때문이었습니다. 어머니가 돌아오는 시간이면 종희는 혼자 놀다 지쳐 깊이 잠들어 있곤 했습니다.

종희는 보통 아이들보다 지능이 낮았습니다. 마을 아이들은 종희를 길에서 마주칠 때면 "바보야! 어디 가니?" 하고 놀렸습니다. 아이들이 놀릴 때도 종희는 그저 누런 이를 드러낸 채 "히히." 하고 웃기만 할 뿐이었습니다. 처음에는 또래 아이들이 종희를 무시하고 놀렸지만 시간이 지나면서 종희보다 어린 동생들까지 합세해 놀리곤 했습니다.

어떤 날은 아무리 무시하고 놀려도 종희가 웃기만 하자 손으로 머리를 쥐어박고 발로 걷어차기도 했습니다. 종희가 거부하지 않고 당하기만 하자 아이들은 더 세게 때렸습니다.

하지만 종희에게는 마을 아이들이 놀리고 때릴 때조차 한 가지 간절한 바람이 있었습니다. 그것은 마을 아이들과 한데 어울려 노는 것이었습니다. 사실 종희는 지능이 낮다는 이유로 그동안 아이들에게 따돌림만 당했습니다.

친구가 한 명도 없던 종희는 아이들에게 놀림을 당하고 맞을 때조차 행복했습니다. 왜냐하면 그 순간만큼은 아이들과 어울릴 수 있었기 때문이었습니다.

종희는 오늘도 마당에서 깨진 보기로 개미를 태워 죽이며 혼자 놀고 있었습니다. 돋보기는 며칠 전, 영식이라는 아이가 손가락으로 힘껏 꿀밤 열 대를 때리고 난 뒤 종희에게 주었던 것입니다. 종희는 아무리 태워 죽여도 작은 구멍에서 자꾸 기어 나오는 개미가 신기하게 느껴졌습니다

종희는 언젠가 TV에서 보았던 전쟁 드라마의 전투 장면을 흉내 내곤 했습니다.

"지지직, 개미 한 마리 사살했다! 그런데 또 한 마리가 나온다!"

종희는 어머니가 공장에 일하러 나간 뒤 오전부터 오후까지 이렇게 개미를 죽이며 놀았습니다. 어머니가 종희가 먹을 점심과 저녁을 차려놓고 출근했지만 종희는 3시쯤 되어 한 끼만 대충 먹었습니다. 이런 종희가 불쌍해 이웃에 사는 할머니는 가끔 종희를 불러 함께 점심을 먹곤 했습니다. 이렇게 할머니와 함께 밥을 먹을 때면 종희는 밥 두 공기를 거뜬히 비웠습니다.

종희는 집에 혼자 있어도 그나마 낮에는 개미와 놀 수 있어 별로 외롭지 않았습니다.

하지만 어스름이 깔리고 깜깜한 밤이 되면 무서웠습니다. 혼자 있는 집에 괴물이 불쑥 나타나 자신을 잡아먹을 것 같았습니다. 그래서 어떤 날에는 어머니가 올 때까지 이불을 머리까지 뒤집어쓰고 있다가 잠든 적도 있었습니다.

종희 아버지는 세상에 한이 많은 사람이었습니다. 몇 년 동안 힘들게 벌어놓은 장사 밑천을 친한 친구에게 사기당한 적도 있었습니다. 또 한 번은 강도 용의자로 몰려 몇 달 동안 감옥에 갇힌 적도 있었습니다. 경찰서에서 아무리 자신이 한 일이 아니라고 항변해도 누구 하나 들어주는 사람이 없었습니다. 그런 아픔이 가슴에 자리하고 있던 아버지는 매일 술을 끼고 살았습니다. 급기야 나중에는 알코올중독자가 되었고, 종희가 세 살 때 간암으로 세상을 떠나고 말았습니다.

아버지가 세상을 떠난 뒤 생활은 더욱 힘들어졌습니다. 어머니는 너무나 힘든 생활 속에서 한 남자를 알게 되었습니다. 그리고 결혼 직전까지 갔으나 정상적인 아이가 아닌 종희로 인해 결혼은 무산되고 말았습니다. 그 일이 있고 나서부터 어머니는 생활이 아무리 힘들어도 혼자 힘으로 종희를 키우겠다고 결심했습니다.

하지만 다른 아이들은 초등학교에 다니고 있는데 언제나 집에만 틀어박혀 있는 종희가 걱정되었습니다. 종희는 열한 살이었지만 저 혼자 할 수 있는 일이 거의 없었습니다. 이런 종희를 생각할 때면 어머니는 가슴이 미어졌습니다. 이대로 둔다면 어른이 되어서도 홀로서기를 할 수 없을 것은 불 보듯 뻔한 일이기 때문이었습니다.

그러나 종희는 이런 애타는 어머니의 마음을 아는지 모르는지 "엄마, 밥 줘", "오늘 개미 많이 죽였어."라는 말밖에 하지 못했습니다.

아침부터 뜨거운 태양이 내리쬐어 대지를 이글이글 태우고 있었습니다. 태양이 하늘 한가운데에 걸쳐 있을 때는 가만히 있기만 해도 땀이 비 오듯 했습니다.

오전부터 개미를 태워 죽이던 종희가 이젠 싫증을 느꼈는지 바깥으로 나갔습니다. 종희가 큰 느티나무가 있는 것으로 걸어가자 마을 아이들 네 명이 보였습니다. 아이들은 나무 아래 그늘진 곳에서 구슬치기를 하고 있었습니다. 종희는 웃으며 아이들에게 성큼성큼 다가갔습니다.

종희가 가까이 다가가자 그중 한 아이가 종희를 밀치며 말했습니다.

"야. 인마! 여기가 어디라고 바보 새끼가 끼어드는 거야? 어휴, 재수 없어. 어서 꺼져!"

그 아이는 종희가 서 있는 곳에다 침을 뱉고는 다시 아이들과 섞여 구슬치기를 했습니다. 하지만 종희는 화를 내기는커녕 웃으며 이렇게 말할 뿐이었습니다.

"나…… 나도 할래, 구슬말이야. 허허."

"말도 제대로 못하는 새끼가 염병하고 있네. 어서 꺼지라니까."

종희가 가지 않고 자꾸만 가까이에서 웃으며 서성대자 아이들은 종희를 때리기 시작했습니다. 한 아이가 쥐고 있던 큰 구슬을 종희의 머리에다 세게 던졌습니다. 그러자 다른 아이들도 재미나는 놀이를 발견한 듯이 다투어 종희에게 구슬을 던지기 시작했습니다. 아이들 넷이 한 아이, 종희를 때리는 모습은 마치 여러 마리의 개미가 이미 날개가 부러진 나비를 공격하고 있는 것처럼 보였습니다. 종희는 맞다가 도저히 고통을 참을 수 없었는지 급기야 울음을 터뜨렸습니다. 그러자 아이들은 한 명씩 때리던 행동을 멈추었습니다. 영식이는 종희의 눈물을 보자 미안한 마음이 들었는지 종희에게 자신이 가지고 있는 구슬 중에서 가장 큰 구슬을 내밀었습니다. 구슬을 받아 든 종희는 다시 방금 전처럼 아무 일 없었다는 듯이 "히히." 하고 웃었습니다.

종희는 매일 친구들에게 맞더라도 아이들과 함께 있는 것이 더 좋았습니다. 그 순간만큼은 외롭지도, 심심하지도 않았기 때문이었습니다.

집에 돌아온 종희는 어머니를 보고 자기 위해 기다렸습니다.

그러나 시계를 보지 못하는 종희의 머릿속에는 "엄마, 밤 8시가 되어야 올 거야. 혼자 잘 있을 수 있지?" 하는 어머니의 목소리만 맴돌았습니다. 몇 시간 전부터 시계만 쳐다보고 있던 종희는 서서히 졸음이 오기 시작했습니다.

어머니가 일을 마치고 돌아왔을 땐 종희는 여느 날처럼 깊은 잠에 빠져 있었습니다. 종희는 얼마나 아이들에게 시달렸는지 어머니가 머리를 살짝 매만지기만 해도 몸을 움츠렸습니다. 잠든 종희의 얼굴에는 푸른 멍이 들어 있었습니다. 종희의 얼굴을 매만지며 어머니의 눈에는 눈물이 맺혔고 곧 종희의 얼굴에 떨어졌습니다. '불쌍한 내 새끼. 엄마 없이 혼자 얼마나 힘들었을까……'

어머니는 종희가 깨지 않게 숨죽여 울었습니다.

여름 밤하늘에는 종희네 가족의 슬픔을 밝히려는지 별이 유난히 반짝이고 있었습니다.

□□□□□□□□ □□□□□□□

다음 날, 종희는 다른 날과 마찬가지로 구슬치기를 하고 있는 마을 아이들에게 다가갔습니다.

그러고는 용기를 내어 아이들에게 말했습니다.

"히히, 나…… 나도 끼……워 줘, 친……구 하고 싶어."

그러자 아이들은 목젖이 보이도록 일제히 웃었습니다.

"우리가 어떻게 바보 새끼하고 놀아? 웃기지 말고 꺼져."

옆에 있던 다른 아이들도 끼어들었습니다.

"바보야, 집에 가서 개미랑 놀아라."

"얼른 꺼져, 구슬치기 해야 되니까. 과자 내기 하고 있는데 너 때문에 지면 이따 죽을 줄 알아!"

그러나 종희는 포기하지 않고 다시 말했습니다.

"히히, 가……같이 하자."

"너 정말 죽고 싶어, 병신아!"

"히히."

잠시 후 아이들은 종희에게 돌을 집어 던지기 시작했습니다. 한 아이가 던진 돌이 종희의 팔에 명중했습니다.

순간 종희는 "악!" 하는 비명소리와 함께 뛰기 시작했습니다. 아이들은 달아나는 종희를 쫓아가며 웃었습니다. 종희가 도망가다 들어간 곳은 마을 끝에 있는 아무도 살지 않는 집이었습니다. 대문도 없고 제대로 된 것이 하나도 없는, 흉가나 다름없는 곳이었습니다.

하지만 종희는 그나마 안심할 수 있었습니다. 아이들 소리가 들리지 않았기 때문이었습니다. 마음이 안정되자 아까 돌에 맞은 팔이 아파왔습니다. 팔은 조금 찢어져 피가 흐르고 있었습니다. 종희는 바닥에 있는 흙을 팔에 난 상처에다 문질렀습니다. 흙으로 상처를 덮자 더 이상 피는 흐르지 않았습니다. 순간 자신도 모르게 종희의 눈에서는 눈물이 흘러내렸습니다. 아니, 눈물이 아니라 그건 슬픔이었습니다.

종희는 울다 잠이 들었습니다. 꿈속에서 태어나 처음으로 아이들과 즐겁게 놀았습니다. 구슬치기도 하고, 매미도 잡으며 놀았습니다. 꿈속에서는 아무도 자신을 무시하거나 놀리지 않았습니다. 그저 친한 친구들일 뿐이었습니다. 그래서 너무나 행복했습니다.

□□□□□□□□□□□□

그 후로 종희는 며칠 동안 집에서만 놓았습니다. 돌에 맞은 아픔이 아직 가시지 않아 아이들이 무서웠기 때문이었습니다.

하지만 일주일이 지나자 종희는 다시 바깥으로 나갔습니다. 아이들이 보고 싶었기 때문이었습니다. 아이들은 도랑에서 물고기를 잡고 있었습니다. 종희는 누런 이가 드러나도록 웃으며 아이들에게 다가갔습니다.

그리고는 아이들에게 말했습니다.

"나도 무……물고기 잡을 수 있어. 나……나랑 친구 하자."

그러자 아이들은 오른손을 꽉 움켜쥐고 앞으로 내밀며 이렇게 말할 뿐이었습니다.

"이 병신아! 그렇게 맞고도 아직 정신 못 차렸나?"

"그렇다면 오늘은 죽도록 때려주지!"

아이들은 종희를 밀어서 넘어뜨렸습니다. 그러고는 어떤 아이는 종희의 신발을 벗겼고, 또 한 아이는 종희의 얼굴을 물속에다 집어넣었습니다. 종희는 비명을 질러댔습니다.

하지만 누구 하나 그만두는 아이는 없었습니다.

잠시 후 한 아이가 무슨 좋은 생각이 났는지 빙긋 웃으며 말했습니다.

"좋아, 우리가 너랑 친구가 되어줄게. 대신 조건이 있어, 우리가 시키는 대로 해야 돼. 하기 싫으면 안 해도 돼."

이 말을 들은 종희는 다시 "히히, 히히." 웃었습니다. 친구가 되어주겠다는 말이 너무나 기뻤기 때문이었습니다.

종희는 히죽히죽 웃으며 바로 대답했습니다.

"아……알았어. 친……친구 하자."

"그러면 이따가 점심 먹고 느티나무 아래로 나와."

종희는 다시 웃으며 대답했습니다.

"아…… 알았어."

종희는 아이들이 시키는 대로 점심을 먹고 느티나무 아래로 나왔습니다. 잠시 후 아이들도 하나둘씩 느티나무 아래로 모여들기 시작했습니다.

친구 하자고 했던 아이가 말했습니다.

"너 우리 동네의 아무도 안 사는 집 알지?"

종희는 며칠 전에 아이들에게 쫓기다 숨어들었던 집이 생각나 대답했습니다.

"히히, 엉."

“그래 지금 그 집으로 가자.”

다른 아이들은 이 아이의 말에 눈이 휘둥그레진 채 물었습니다.

“야, 너 지금 뭐 하려고 해?”

“잠자코 있어봐, 재밌는 구경 시켜줄 테니까.”

종희는 아이들을 따라 그 집 안으로 들어갔습니다. 아이들이 모두 들어왔을 때 그 아이가 말했습니다.

“너, 여기 꼼짝 말고 앉아 있어. 저녁이 되면 우리가 나오라고 할 테니까, 그때까지 있어. 알았지? 그렇게 하면 우리와 친구가 될 수 있어.”

종희는 앉으며 대답했습니다.

“알았어. 히히, 빨리 와.”

종희가 방바닥에 앉자, 그 아이는 다른 아이들에게 바깥으로 나가자고 말했습니다. 잠시 후 아이들이 모두 바깥으로 나갔습니다.

“바보 새끼, 내가 바비큐 만들어주지 얼마나 견디나 보자.”

그 아이는 미리 가져온 성냥에 불을 댕긴 다음 지붕에다 던졌습니다. 그러자 처음에는 꺼질 듯하던 불이 어느새 성난 화마의 이빨처럼 지붕을 집어삼키기 시작했습니다. 조금씩 시간이 지날수록 불길은 거세졌습니다. 불길이 집의 절반을 태우자 아이들은 서서히 무서워지기 시작했습니다. 아이들은 치솟는 불길을 보고 모두 달아나버렸습니다. 아이들 중에서 영식이는 논으로 달려가 일을 하고 있던 아버지에게 자초지종을 설명했습니다. 영식이 아버지는 마을 사람들에게 이 사실을 알렸고 불길이 치솟고 있는 집으로 뛰어왔습니다.

하지만 그들이 달려갔을 땐 집은 반 이상이 불길에 휩싸여 타고 있었습니다. 마을 사람들은 있는 힘껏 저마다 양동이로 물을 퍼부어 불을 껐습니다. 집은 흙으로 된 벽만 빼고는 거의 타버린 뒤였습니다. 아이들과 마을 사람들은 종희가 불에 타 죽었을 거라고 생각했습니다. 사람들 중에는 불쌍하다는 듯이 혀를 차고 있는 사람도 있었습니다. 영식 아버지와 몇몇 어른들은 종희의 시체라도 찾기 위해 재로 변한 집을 샅샅이 뒤적이기 시작했습니다.

그때 마을 사람들로부터 소식을 접한 종희 어머니가 달려왔습니다.

"종희야! 아이고 종희야! 제발 누가 우리 종희 좀 살려줘요, 하나뿐인 내 아들!"

어머니는 아들의 이름을 부르며 울부짖었습니다. 이 모습을 본 마을 사람들은 마음이 아파 얼굴을 다른 곳으로 돌렸습니다. 그때쯤 이 장난을 친 아이들은 사태를 짐작하고 모두 울고 있었습니다.

그때였습니다. 어디에선가 "종희가 살아 있다!" 하는 소리가 들렸습니다. 마을 사람들은 모두 그곳으로 황급히 달려갔습니다. 종희였습니다. 정말 종희가 살아 있었습니다. 쓰러지지 않은 벽 귀퉁이에 쪼그리고 앉아 있었습니다. 아이들이 종희에게 시켰던 그대로였던 것이었습니다. 종희는 얼굴과 팔에 심한 화상을 입은 듯했습니다.

종희가 죽은 줄로만 알고 울고 있던 아이들은 종희가 살아 있다는 말에 너무나 기뻐 종희에게로 달려갔습니다. 종희를 보자 모두 약속한 듯이 종희를 세게 껴안았습니다. 아이들이 껴안자 종희는 화상으로 인한 상처가 아픈지 "아. 아!" 하고 비명을 질렀습니다.

집에 불을 지른 아이가 손등으로 눈물을 훔치며 말했습니다.

"바보야, 우리가 앉아 있으라고 한다고 그렇게 계속 앉아 있으면 어떻게 해? 바보같이 정말!"

종희는 매일 놀리고 때리고 하던 친구들이 다가와 걱정해주고 안아주기까지 하자 기뻐 연신 웃고 있었습니다.

종희는 아이들을 보며 웃으며 말했습니다.

"나……나 야……약속 지켰으니까, 치……친구 해야 해. 아…알았지? 히히."

그제야 아이들은 울면서 말했습니다.

"그래, 이제 우리 모두 친구야. 앞으로는 절대 널 놀리거나 때리지 않을게. 그동안 정말 미안했어."

"나, 종희는 이……이제 치……친구 생겼다. 히히."

종희는 불길 속으로 자신을 내몬 아이들이 전혀 밉지 않았습니다. 오히려 그동안 외롭던 자신에게 친구가 되어주겠다는 말에 기뻤습니다. 종희는 상처가 쓰라리고 따가웠지만 친구들과 가까이 있다는 생각에 더 이상 아픔을 느낄 수 없었습니다.

종희 어머니는 멀리서 아들의 모습을 가만히 지켜보고 있었습니다. 그동안 아이들에게 지능이 떨어진다는 이유로 무시당하고 맞기까지 한 아들에게 친구가 생겼다는 것이 무엇보다 기뻤습니다. 사실 그동안 종희가 이토록 즐거워하고 행복해하는 모습을 본 적이 없었습니다.

마을 아이들에게 둘러싸여 웃고 있는 종희를 지켜보는 어머니의 눈에서는 눈물이 흐르고 있었습니다. 슬픔이 아닌 기쁨의 눈물이었습니다.

할머니의
검정고무신

맑은 봄 햇살이 쏟아지는 어느 날이었습니다.

점심시간을 알리는 종소리가 울렸습니다. 그러자 아이들은 점심시간만을 기다렸다는 듯이 탄성을 내질렀습니다. 그러나 민지에게는 점심시간이 오히려 수업시간보다 더 싫게만 느껴졌습니다. 아이들은 삼삼오오 짝을 지어 엄마가 싸 주신 도시락을 먹고 있는데 유독 혼자 도시락을 먹어야 하기 때문이었습니다.

사실 민지도 아이들과 함께 둘러앉아 즐겁게 도시락을 먹고 싶었습니다. 하지만 그럴 자신이 없었습니다. 왜냐하면 다른 아이들의 도시락에는 햄이며 소고기조림, 달걀말이 반찬 등이 가득해 먹음직스러웠지만 민지의 도시락 반찬은 매일 단무지나 김치뿐이었기 때문이었습니다.

민지가 혼자 도시락을 먹고 있으면 상수라는 부잣집 아이가 다가와 놀렸습니다.

“아까부터 어딘가에서 김치냄새가 난다고 했더니 바로 네가 범인 이었구나, 하하.”

그러자 성민이도 상수에게 질세라 한마디했습니다.

“야. 너는 매일 김치랑 단무지만 먹고도 물리지 않나? 정말 대단 하다.”

“…….”

다른 친구들도 덩달아 깔깔거리며 웃었습니다.

민지는 너무나 창피해서 아무런 대꾸도 하지 못한 채 도시락 뚜 껑을 덮고 교실 밖으로 뛰쳐나갈 뿐이었습니다. 민지는 너무나 창피 하고 부끄러워 쥐구멍이라도 있다면 숨고 싶었습니다.

수업이 끝나고 집으로 돌아오는 길에 봄바람이 민지의 얼굴을 부드럽게 스쳐 지나갔습니다. 민지는 다른 날보다 천천히 걸었습니 다. 하늘에 떠가는 구름도 보고 쏜살같이 지나다니는 자동차들도 바 라보았습니다. 그러다 문득 엄마 생각이 났습니다.

‘나에게도 엄마가 있다면 얼마나 좋을까?’

그러나 민지는 한 번도 자신을 낳아준 엄마의 얼굴을 본 적이 없 었습니다. 가끔 친구들의 집에서 친구의 부모님 사진을 볼 때면 민 지는 더욱 엄마가 그리웠습니다.

동네 사람들의 말에 의하면 술집에 다니다 딴 남자와 바람나서 집을 나갔다고도 하고, 또 민지가 어릴 때 할머니에게 민지를 맡기 고 돈 많은 사업가와 결혼했다고도 했습니다. 민지는 엄마를 한 번 만이라도 볼 수 있었으면 하고 간절히 바랐습니다.

민지는 오늘도 학교에서 친구들에게 놀림을 받았습니다. 할머니가 매일 신문지와 박스, 빈 병을 주우러 다니기 때문이었습니다.

할머니는 나이도 많은 데다 지난해 겨울, 빙판길에 미끄러져 허리를 다쳤습니다. 그 후로 허리 통증이 심해 심한 일을 할 수가 없었습니다. 또, 관절염까지 있어 거동도 불편했습니다. 그래서 힘든 일 대신 동네를 거닐면서 생활비라도 벌어볼 요량으로 재활용품을 모았던 것이었습니다.

손바닥처럼 좁은 마당에는 신문지와 박스가 잔뜩 쌓여 있고, 낡고 금이 간 담벼락 아래에는 빈 병들이 즐비하게 서 있었습니다. 민지는 이런 집 안 풍경을 볼 때마다 이런 쓰레기를 주우러 다니는 할머니와 가난한 집이 너무나 싫었습니다. 그래서 그냥 훌쩍 집을 나와버리고 싶은 충동을 느꼈던 적이 한두 번이 아니었습니다.

민지가 힘없이 집에 들어섰을 때 할머니는 어느 정도 쌓인 폐지들을 나일론 끈으로 묶고 있었습니다. 민지는 할머니에게 다가가 불만이 가득 찬 표정으로 말했습니다.

"할머니는 왜 맨날 이런 쓰레기들을 주워 와? 동네 창피하게."

그러자 할머니는 이 녀석이 또 무슨 심통이 났나 하는 표정으로 웃으며 말했습니다.

"이것들이 왜 쓰레기들이야? 우리 먹여 살리는 고마운 돈이지."

"이렇게 악착같이 모아봤자 겨우 5천 원도 안 되는데 그만두면

안 돼? 할머니, 왜 우리는 이렇게 살아야 돼? 나 학교 가면 매일 친구들이 놀린단 말이야. 정말 창피하고 짜증 난단 말이야.”

할머니는 민지를 볼 때면 언제나 가엾고 측은하다는 생각이 들었습니다.

“민지야, 할머니가 이다음에 돈 많이 모아서 민지 옷도 사주고 맛있는 음식도 사줄게.”

“옷은 무슨 옷이야? 매일 5천 원씩 벌어서 언제 말이야.”

“민지야…….”

“아, 몰라 몰라…… 나 놀림당하는 거 할머니가 책임져, 안 그러면 나 학교 안 갈래.”

사실 할머니는 손녀에게 부모가 있는 애들보다 더 잘해주려고 애썼습니다. 하지만 병들고 나이 많은 노인이 일할 곳은 아무 데도 없었습니다. 할머니는 민지의 머리를 쓰다듬으며 말했습니다.

“민지야, 이 할미가 많이 밉지? 네 말대로 아픈 다리 이끌고 신문지며 박스를 모아와도 지금 통장에는 겨우 10만 원밖에 없으니…….”

순간 할머니의 눈에는 눈물이 그렁그렁 맺혔습니다. 그러나 민지는 그동안 친구들에게 놀림을 받으며 쌓였던 화를 봇물 터지듯이 쏟아놓았습니다.

“나는 왜 이렇게 태어났을까? 이렇게 살 바에야 차라리 태어나지를 말지, 세상이 정말 싫어.”

“…….”

할머니는 어린 손녀에게 어떠한 말도 해줄 수가 없었습니다. 그 누구보다 손녀가 벌써부터 세상을 이토록 미워하고 증오한다는 것을 알기 때문이었습니다. 손녀를 측은하게 바라보는 할머니의 눈에서는 눈물이 밭고랑 같은 주름살 사이로 흘러내릴 뿐이었습니다.

ㅁㅁㅁㅁㅁㅁㅁㅁㅁㅁㅁㅁㅁ

그다음 날이었습니다.

담임선생님은 학생들에게 수업 준비물로 수채화 도구와 리코더를 준비해오라고 말했습니다.

민지는 집으로 터벅터벅 걸어오는 내내 걱정이었습니다. 다른 친구들은 모두 별 어려움 없이 수채화 도구와 리코더를 준비해올 테지만 할머니에게는 그런 준비물을 살 돈이 없다는 것을 알기 때문이었습니다. 민지는 수업시간에 왜 그런 것들을 준비해야 되는지 순간 화가 치밀었습니다.

할머니는 마당에서 더러운 병을 수돗물로 씻고 있었습니다. 발자국 소리에 할머니는 뒤를 돌아보았습니다. 손녀의 표정이 어둡다는 것을 금세 알 수 있었습니다. 할머니는 속으로 손녀가 친구들에게 놀림을 받았기 때문이라 생각했습니다.

"내 귀여운 강아지, 학교에서 오는가 보네."

민지는 아무 말도 하지 않고 방으로 쏙 들어가버렸습니다. 할머니는 씻고 있던 빈 병을 그대로 두고 곧 민지를 따라 방으로 들어갔습니다. 모로 돌아누운 민지에게 할머니가 물었습니다.

"오늘 학교에서 무슨 일 있었어?"

"……."

"내 새끼, 어디 보자!"

"아냐, 아무것도……."

잠시 후 가늘게 흐느끼는 소리가 들렸습니다.

할머니는 순간 가슴이 철렁 내려앉았습니다. 그동안 민지가 이렇게 울었던 적이 별로 없었기에 무슨 큰일이라도 생겼는가 싶었습니다.

할머니는 민지를 일으켜 세우며 물었습니다.

"민지야, 무슨 일인지 이 할미에게 말해보렴."

두 눈에서 눈물을 주르르 흘리던 민지가 잠시 후 울먹이며 말했습니다.

"선생님이 내일 수업 준비물로 수채화 도구랑 리코더 사 오래. 근데 우리 집에는 그런 거 살 돈 없잖아."

"민지야, 걱정 안 해도 된다. 이 할미가 하나뿐인 손녀 그런 거 하나 못 사주겠니?"

민지는 할머니의 말을 듣곤 그제야 마음이 놓인 듯 얼굴 표정이 환해졌습니다. 할머니는 일어서며 민지에게 말했습니다.

"어여 일어나거라, 지금 할미와 수채화랑 리코딩인지 사러 가자."

"응, 할머니, 리코더 살 수 없을까 봐 괜히 걱정했잖아."

그러고는 민지는 할머니와 함께 동네 문구점으로 향했습니다. 모처럼 손녀와 할머니가 함께 집을 나선 모습을 보고 몇몇 동네 사람들이 말을 걸었습니다. 민지는 할머니와 한참 동안을 걷고 나서야 문구점에 다다랐습니다.

문구점에서는 벌써 동네 친구들 몇 명이 엄마와 함께 리코더를 사려고 야단이었습니다.

민지는 주인아줌마에게 말했습니다.

"아줌마! 여기 수채화 도구랑 리코더 주세요!"

"그래, 잠시만 기다려라."

잠시 후 아줌마는 큰 박스를 하나 들고 오더니 민지와 다른 친구들에게 수채화 도구와 리코더를 주었습니다. 리코더를 받아든 친구들은 벌써 리코더를 불어대며 깔깔 웃고 있었습니다.

민지는 주인아줌마에게 물었습니다.

"아줌마, 여기 다 얼마예요?"

"엉, 모두 다 5천 300원이야."

순간 민지의 머릿속에 이런 생각이 스쳤습니다.

'할머니가 하루 종일 고생해서 폐지와 빈 병을 모아봤자 5천 원밖에 안 되는데 이런 큰돈을 낼 수가 있을까.'

그러나 이런 걱정은 봄바람에 휙 날아가버렸습니다. 할머니가 큰 목소리로 계산하는 소리가 들렸기 때문이었습니다.

"아줌마, 여기 돈 받아요."

민지는 휘둥그레진 눈으로 할머니를 보며 말했습니다.

"우와! 우리 할머니, 매일 돈없다고 말하지 않았어? 오늘은 웬일이야?"

　할머니와 민지는 문구점을 나와 집을 향해 걸었습니다. 민지는 한 손으론 수채화 도구가 든 비닐봉지를 들고 다른 한 손으론 리코더를 불며 걸었습니다. 민지의 얼굴에는 연신 미소가 떠나질 않았습니다.

　옷가게 앞을 지나고 있을 때 민지가 할머니에게 물었습니다.

　"할머니, 오늘 무슨 돈으로 준비물 사준 거야?"

　"오늘 박스랑 빈 병을 들고 갔는데 고물상 주인이 예전에 밀렸던 돈까지 주더라고."

　민지는 지금 이 순간은 그 누구도 부럽지 않았습니다. 저절로 신이 나 콧노래를 부르며 걸었습니다. 순간 민지의 눈에 옷가게에 걸려 있는 예쁜 옷이 들어왔습니다.

　민지는 할머니의 눈치를 보면서 말했습니다.

　"할머니, 나…… 옷이 다 헐었는데, 예쁜 옷 하나만 사주면 안 돼?"

　바로 앞에는 옷가게가 있었습니다. 사실 그동안 할머니는 민지에게 재활용품으로 나온 옷을 가져다 입혔습니다. 그러나 민지에게 옷을 사주고 싶어도 옷을 사고 나면 이번 달 방 값을 내지 못한다는 것을 알고 있었습니다.

　할머니는 옷을 사주리라 잔뜩 기대하는 민지에게 말했습니다.

　"민지야, 옷은 다음에 사줄게. 조금만 참아, 알았지?"

　그러지 민지는 뾰로통해진 표정으로 떼를 쓰기 시작했습니다.

"할머니, 아까는 돈 많이 벌었다고 했잖아. 그럼 나한테 거짓말한 거야? 치이!"

할머니는 부모 없이 자란 손녀를 보자 가엾다는 생각이 들어 옷을 사주기로 마음먹었습니다. 입술이 툭 튀어나온 민지에게 할머니가 말했습니다.

"그래, 알았다. 민지야, 이 할미가 오늘 기분이다. 옷가게 들어가자꾸나."

"정말? 할머니가 최고야!"

민지가 소리를 지르며 옷가게로 들어갔습니다. 가게 안에는 처음 보는 예쁜 옷들이 잔뜩 걸려 있었습니다. 민지는 어떤 옷을 입어도 자신에게 다 잘 어울릴 것 같았습니다. 많은 옷 중에서 분홍색 꽃무늬가 어우러진 치마를 골랐습니다.

"할머니, 나 이 옷 입고 싶어, 사줘."

"그래? 그런데 너무 비싼 거 아닌지 모르겠구나."

그때 옆에 서 있던 가게 주인이 웃으며 비싸지 않다고 말했습니다.

할머니가 옷가게 주인에게 물었습니다.

"이 치마 얼마나 해요?"

"원래는 5만 원인데 오늘은 특별히 할머니와 예쁜 손녀가 오셨으니 만 원 빼 드릴게요. 4만 원만 주세요."

할머니는 방값을 주려고 모아놓은 돈을 바지 속주머니 속에서 꺼냈습니다. 옷값을 지불하고 할머니와 민지는 가게를 나왔습니다. 새로 산 옷은 민지가 들고 할머니는 수채화 도구가 든 비닐봉지와 리코더를 들었습니다.

민지는 태어나 오늘처럼 행복했던 날은 없었습니다. 수업 준비물에다 새 옷까지 샀기 때문에 마치 천국을 향해 걷는 것처럼 발걸음이 가벼웠습니다. 얼른 내일 학교에 가서 친구들에게 자랑하고 싶었습니다.

큰길과 집으로 올라가는 언덕길로 나뉘는 지점에 다다르자 할머니가 말했습니다.

"민지야, 먼저 집에 가 있어. 할머니가 라면이랑 콩나물 좀 사가지고 곧 뒤따라갈 테니."

민지는 라면을 끓여준다는 할머니의 말에 알았다며 집을 향해 뛰어갔습니다. 민지는 방에서 새로 산 옷을 꺼내 입어보았습니다. 거울에 비친 모습이 너무나 예뻤습니다. 그리고 수채화 도구며 리코더를 꺼내놓고 만지작거리며 할머니를 기다렸습니다.

어느새 밖에는 어둠이 내리기 시작했습니다.

하지만 금방 온다던 할머니가 30분이 지나도 오지 않았습니다. 그리고 한 시간이 지나려 할 때 민지는 할머니가 걱정이 되어 동네로 걸어나갔습니다.

큰길에 다다랐을 때 많은 사람들이 웅성거리며 서 있는 것이 보였습니다. 민지는 무슨 사고가 났는가 싶어 가까이 다가갔습니다. 길바닥에 쓰러진 사람이 보였습니다. 조금 더 가까이 다가갔을 때 순간 민지는 놀라고 말았습니다. 쓰러진 사람은 바로 할머니였던 것이었습니다.

근처에는 동네 아줌마와 아저씨 그리고 동네 친구들과 아이들이 모여 있었습니다.

민지는 놀란 나머지 할머니의 얼굴을 감싸 안고 울부짖으며 말했습니다.

"할머니! 어떻게 된 거야? 라면 끓여준다며 먼저 집에 가라고 해 놓고선……."

할머니는 머리를 다쳤는지 머리에서 피가 줄줄 흘러내렸습니다. 그때 동네 아저씨 한 분이 다급한 목소리로 민지에게 말했습니다.

"민지야! 할머니 뺑소니 오토바이에 치이셨어!"

민주는 아저씨의 뺑소니라는 말을 듣곤 눈앞이 캄캄해졌습니다. 마치 곧 할머니가 돌아가실 것 같은 두려움에 휩싸였습니다. 민지는 할머니를 흔들어 깨웠습니다.

하지만 할머니는 가는 신음소리만 내뱉을 뿐이었습니다. 그 순간 민지는 사람들에게 도움을 구해야 한다는 것을 알았습니다.

민지는 울부짖으며 사람들에게 소리쳤습니다.

"우리 할머니 어떡해요! 누가 좀 도와주세요. 제발요!"

잠시 후 119가 도착했습니다. 그들은 할머니를 조심스럽게 구급차에 태운 뒤 큰 병원으로 달렸습니다. 할머니는 곧 수술실로 들어갔고, 민지는 수술실 복도에 앉아 기다렸습니다. 기다리는 동안 민지의 머릿속에는 그동안 할머니에게 잘못했던 일들이 스쳐 지나갔습니다.

세 시간이 지난 뒤 수술실에서 의사가 나왔습니다. 의사는 슬픔이 가득한 표정을 하고 있었습니다.

민지는 뛰어가 의사 선생님에게 물었습니다.

"선생님, 혹시 우리 할머니 돌아가시는 거 아니에요?"

그러나 의사는 아무런 대꾸도 없이 앞으로 곧장 걷기만 할 뿐이었습니다.

민지는 다급한 목소리로 재차 의사에게 물었습니다.

"어떻게 되냐고요? 빨리 대답해주세요!"

이윽고 의사 선생님은 무겁게 입을 열었습니다.

"꼬마야, 할머니는 병원에 도착하시기 전에 이미 숨을 거두셨단다. 정말 안됐구나."

숨을 돌린 뒤 의사는 이어 말했습니다.

"할머니는 피를 너무 많이 흘리셨어. 그리고 머리뼈의 깊은 손상으로…… 얘야, 마음을 단단히 먹어야 한단다. 할머니는 이 세상에 계시지 않아."

민지는 자신도 모르고 눈물이 두 뺨을 타고 내렸습니다. 눈물이 타고 내린 얼굴이 뜨거웠습니다. 민지는 할머니가 더 이상 이 세상 사람이 아니라는 의사의 말을 듣자 도무지 믿기지가 않았습니다. 몇 시간 전만 해도 자신에게 수채화 도구며 리코더, 예쁜 옷을 사주셨던 할머니가 돌아가셨다는 것이 마치 무서운 꿈을 꾸는 것만 같았습니다. 꿈이라면 얼른 이 악몽에서 깨어나고 싶었습니다.

하지만 곧 꿈이 아니라는 것을 인정해야 했습니다.

민지는 할머니가 있는 수술실로 뛰어들어 갔습니다. 수술실에 들어갔을 때 할머니는 하얀 시트로 덮여 있었습니다. 민지는 천천히 다가가 할머니의 얼굴을 덮고 있는 시트를 내렸습니다. 할머니는 마치 깊은 잠을 자는 듯한 표정이었습니다.

민지는 할머니를 감싸 안으며 울부짖었습니다.

"할머니, 어떻게 된 거야? 왜 여기 이러고 누워 있는 거야? 내가 다 잘못했어, 다시는 할머니 속 썩이지 않을게. 제발 일어나봐, 옷 사 달라고도 안 할게!"

그러나 이 세상 사람이 아니라는 의사의 말처럼 할머니는 가만히 잠만 잘 뿐이었습니다. 민지는 눈물범벅이 된 얼굴로 그 자리에 털썩 주저앉아버렸습니다. 순간 바라본 할머니의 모습이 너무나 가엾고 불쌍하게 느껴졌습니다. 민지는 얼굴을 할머니의 가슴에 파묻으며 울었습니다. 혹시 자신의 울음소리를 듣고 할머니가 깨어나지 않을까 하는 일말의 희망을 갖고 말입니다.

민지가 주저앉은 바닥에는 할머니의 다 닳아버린 검정고무신이 떨어져 있었습니다.

검정고무신을 보는 순간, 하루도 빼먹지 않고 아픈 몸을 이끌고 폐지와 빈 병을 모으러 다니시던 할머니의 모습, 그리고 다 닳은 고무신 한 켤레로 사시사철을 나시던 할머니의 모습이 눈에 아른거렸습니다.

민지는 자신도 모르게 울컥거리며 올라오는 울음을 참을 수 없었습니다. 수술실 안은 가엾은 소녀의 울음소리로 가득했습니다. 병원에 있는 사람들과 근처를 지나는 의사와 간호사들도 이런 민지의 모습을 보고 눈물을 흘리지 않을 수 없었습니다. 그리고 참다못해 흐르는 눈물을 손수건으로 훔치는 사람들도 많았습니다.

아내의
요리 비밀

　현우는 가난한 집안형편으로 인해 고등학교를 졸업한 뒤 바로 직장생활을 해야 했습니다. 다른 친구들은 자신이 원하는 학과를 선택해 대학에 진학했지만, 현우는 그럴 수 없었습니다. 부모님에게 늦둥이로 태어났던 현우는 연로하신 부모님을 대신해 살림을 꾸려야 했기 때문이었습니다.

　현우가 취직한 곳은 우유를 배달하는 우유 도매점이었습니다. 월급은 비록 많지 않았지만, 그는 다른 직원들보다 더 성실하게 일했습니다. 자신이 맡은 일은 어떠한 일이 있어도 마친 뒤 퇴근했습니다.

　현우는 가끔 퇴근 후에 친구들을 만났습니다. 친구들과 함께 마시는 시원한 맥주는 언제나 맛있었습니다.

　그러나 시간이 흐르다 보면 자연스레 친구들의 대학생활로 화제가 옮겨갔습니다. 모인 친구들 중에서 상민이가 오늘은 할 말이 많은 듯 연신 떠들어댔습니다. 현우 옆에 앉은 민수가 상민이가 얼마

전에 여대생들과 미팅을 했다고 살짝 귀띔해주었습니다.

상민이는 친구들에게 건배를 외친 뒤 잔을 비웠습니다. 그리고는 술기운이 도는지 조금은 혀가 꼬부라진 투로 말했습니다.

"내가 말이야, 얼마 전에 여대생들이랑 미팅을 했는데 말이야. 그날 나왔던 여대생들 중에서 제일 예쁜 애가 나를 좋아하더라고. 사실 나도 마음에 들었거든……."

그러자 옆에 앉아 있던 성격 급한 민수가 끼어들어 상민이의 얘기를 끊었습니다.

"그래서? 지금 그 애랑 잘되어가고 있어?"

다른 친구들이 민수에게 잠자코 있으라는 듯 눈치를 주었습니다.

잠시 후, 현우와 죽마고우인 동준이가 고민이 있는 투로 말했습니다.

"사실 나는 미대를 가고 싶었어. 근데 우리 부모님이 하도 의대에 진학하라고 하는 바람에…… 미대를 포기해야 했어. 하지만 이제는 내 뜻대로, 내가 하고 싶은 공부를 할 거야."

동준이의 얘기가 끝나자 친구들은 화가보다 의사가 더 낫지 않느냐며 반문했습니다. 이 모든 얘기들이 고등학교만 졸업한 현우에게는 다른 세계의 얘기인 듯 들렸습니다. 현우는 이런 친구들의 불만까지 부러웠습니다. 그는 친구들에게 술에 취했다며 먼저 일어난다고 말하고는 호프집을 빠져나왔습니다.

현우는 30분가량 거리를 따라 걷다 보니 문득 여자친구 주리가 떠올랐습니다. 그는 주리에게 전화를 걸었습니다.

"여보세요."

"응, 나…… 아직 안 잤어? 친구들이랑 맥주 한잔하다가 나 먼저 나왔어."

"현우야, 혹시 무슨 일 있어?"

"아냐, 그냥 네 목소리 듣고 싶어서 전화했어. 시간 늦었다. 잘 자!"

현우는 전화를 끊고 나서 알 수 없는 슬픔에 잠겼습니다. 지금의 현실이 너무나 싫었고, 자신이 살고 있는 집이 싫었습니다. 그리고 자신이 숨 쉬고 있는 이 세상이 미웠습니다. 가지에서 떨어진 낙엽처럼 힘없이 걷고 있는 현우는 마치 끝없는 슬픔 속으로 걸어 들어가는 것 같았습니다.

현우가 사랑하는 여자, 주리. 주리와의 만남은 고등학교 때 펜팔로 이루어졌습니다. 그 만남이 지금까지 이어져 두 사람은 사랑하는 연인으로 발전한 것이었습니다.

하지만 주리는 대학교에서 간호학을 공부하고 있었습니다. 그리고 그녀의 아버지는 대기업의 임원이고 집안은 부유층에 속했습니다. 그래서 현우는 주리를 만날 때마다 자신도 모르게 초라함을 느꼈습니다. 어쩌면 이 초라함으로 인해 사랑의 촛불이 꺼져버릴지도 모른다는 예감과 함께.

주리는 이 세상 누구보다 현우를 사랑했습니다. 주리가 고등학교 때 만난 남자이지만 현우처럼 진실되고 든든한 남자는 없다고 생각했습니다. 가끔 친구들이 명문대에 다니는 남자 친구를 소개시켜 줄 때조차 부러워하기는커녕 그녀는 오히려 현우를 생각했습니다.

가끔 현우가 자신을 만날 때 초라함을 느낀다는 것을 알 수 있었습니다. 그럴 때마다 주리는 마음이 아팠습니다. 그녀는 자신을 향한 현우의 진실한 사랑 하나면 충분하다고 생각하는데 현우는 그렇지 않은 것 같았기 때문이었습니다.

어느덧 5년이라는 세월이 강물처럼 흘렀습니다.

그 시간 속에서 현우는 열심히 저축을 한 덕분에 우유 도매점을 차릴 수 있었습니다. 주리는 대학교를 졸업한 뒤 종합병원에서 간호사로 근무하고 있었습니다. 3교대로 근무하는 그녀를 자주 만날 수는 없었지만 일주일에 세 번은 보기로 약속했습니다. 두 사람의 시랑은 시간이 지날수록 더욱 단단해져갔습니다.

어느 날, 현우는 주리를 감자탕 집으로 데리고 갔습니다.

현우는 먹기 쉽게 살점만 발라서 주리 손가락에 얹어 주었습니다. 그러면 주리도 질세라 야채에다 마늘, 고추로 싼 고기를 현우의 입안 가득 넣어주었습니다. 그럴 때면 옆 테이블에 앉은 젊은 손님들은 부러운 듯 그들을 쳐다보곤 했습니다.

잠시 후, 현우는 주리를 보며 진지한 어조로 말했습니다.

"주리야, 우리 고등학교 때 펜팔로 만났지. 난 그때 알 수 있었어. 내가 너를 사랑하게 되리라는 것을 말이야. 주리야, 나, 남들처럼 대학교도 못 나왔고 돈도 없어. 그렇다고 재산이 많은 것도 아니고…… 하지만…… 나, 누구보다 주리를 사랑하고 행복하게 해줄 자신이 있어. 우리 고등학교 때 느낀 그 처음 감정으로 평생 사랑하자. 나랑 결혼해주겠니?"

현우의 눈을 바라보던 주리의 눈에서 굵은 눈물이 이슬방울처럼 흘러내렸습니다. 그녀는 애써 눈물을 닦지 않았습니다. 그녀는 현우의 손을 잡으며 말했습니다.

"현우야, 나 너를 알게 된 뒤부터 어떤 남자도 눈에 들어오지 않았어. 오로지 너 생각뿐이었어. 나는 우리가 이렇게 만나서 사랑하게 된 것이 예정된 사랑이 아니었나 싶어……! 근데 왜 이제야 나에게 프러포즈한 거야? 내가 얼마나 애타게 기다렸는데…… 나 늙어서 할머니가 되었을 때 데려가려고 그랬니? 나도 너를 세상 어떤 여자보다 사랑해주고 행복하게 해줄 자신 있어."

ㅁ ㅁ ㅁ ㅁ ㅁ ㅁ ㅁ ㅁ ㅁ ㅁ ㅁ ㅁ ㅁ ㅁ

일주일 후 현우는 부모님께 주리를 소개시켜드렸습니다.

부모님은 주리에게 오히려 고맙다며 흔쾌히 결혼 승낙을 해주셨습니다. 사실 그동안 부모님은 현우가 가난한 부모를 만나 대학교도 나오지 못하고 물려받을 재산조차 없다는 것이 늘 미안했습니다. 그런데 이런 현우가 대학교까지 나와 종합병원에 다니는 간호사와 결혼하겠다니 세상에서 이보다 더 기쁜 일은 없다고 생각했습니다.

그러나 현우는 주리를 집까지 바래다준 뒤 혼자서 걸어오면 한 가지 걱정에 휩싸였습니다. 그것은 다름 아닌 주리 부모님으로부터 결혼 승낙을 받을 수 있을까 하는 것이었습니다. 부유한 집안에다 대학교까지 나온 주리. 이런 주리와 결혼하는 것이 과연 가능할까 하는 생각이 그를 더욱 초라하게 만들었습니다. 현우는 방금 헤어진 주리의 얼굴을 떠올리며 밤하늘을 향해 "잘될거야." 하고 크게 외쳤습니다. 그러자 기분이 한결 나아졌습니다.

그리고 2주일이 흘렀습니다.

두 사람은 현우 부모님께 인사를 드린 뒤 전보다 더 자주 만났습니다. 주리는 동료 간호사와 근무시간을 바꾸어 현우와 데이트를 즐겼습니다. 지난 주말에는 부산 해운대에 1박 2일로 여행을 다녀오기도 했습니다. 이제 앞으로는 두 사람에게 무지개 같은 날들만 펼쳐질 것 같았습니다.

드디어 현우는 이번 주말에 주리의 부모님께 인사를 드리기로 약속을 정했습니다. 이 약속은 현우의 조금은 우유부단한 성격 때문에 앞당겨 잡았던 것이었습니다.

지난주 목요일 저녁을 먹을 때 불쑥 주리가 "현우야, 다음 주 주말에 우리 부모님께 인사드리러 왔으면 좋겠어." 하고 일방적으로 통보했습니다.

그러나 현우는 주리의 부모님께 인사를 드린다는 말에 기쁘면서도 내심 불안했습니다. 왜냐하면 고등학교 출신인 자신이 주리 부모님의 마음에 들지 않을지도 모른다는 불길한 예감 때문이었습니다.

현우는 요즘 들어 주리를 더 자주 안아주고 애정표현을 했습니다. 이런 현우의 모습은 내면에 똬리를 틀고 있는 혹시 모른다는 불안감 때문이기도 했습니다. 그 불안감은 어쩌면 주리를 외부의 물리적인 힘에 의해 잃어버릴지도 모른다는 것이었습니다.

하지만 주리는 이런 현우의 따뜻한 모습이 더욱 좋게만 느껴졌습니다. 현우가 자신을 안아줄 때면 정말 이 사람이 내 남자라는 확신이 생겼던 것입니다.

□ □ □ □ □ □ □ □ □ □ □ □ □ □ □

드디어 기다리고 망설였던, 주리 부모님에게 인사를 드리러 가는 날이 되었습니다.

현우는 부모님에게 오늘 주리 부모님에게 인사를 드리러 간다는 말을 하지 않았습니다. 어쩌면 결혼 승낙을 받을 수 없을지도 모른다는 생각 때문이었습니다.

현우는 내심 불안한 마음에 아침을 몇 술 뜨고는 일찍 집을 나섰습니다. 찌뿌드드한 마음을 깨끗하게 걷어내는 화창한 아침이었습니다. 맑은 햇살을 보고 가볍게 거리를 걷고 있는 사람들을 보니 왠지 모르게 오늘은 모든 일이 잘될 것 같은 예감이 들었습니다.

오늘은 보통날보다 일찍 가게에 나갔지만 일에 손에 잡히지 않았습니다. 머릿속이 오늘 주리 부모님에게 인사를 드리러 가는 데

대한 걱정으로 가득 차 있었기 때문이었습니다.

　현우는 오후 1시경에 주리와 만나기로 한 약속 장소로 나갔습니다. 약속 장소 앞에 도착했을 때 벌써 주리는 나와서 기다리고 있었습니다.

　3시 약속이었으므로 아직 한 시간 반 정도 여유가 있었습니다. 두 사람은 근처 커피숍에서 차를 마셨습니다. 긴장이 되었던 탓에 찻잔을 쥔 현우의 손이 덜덜 떨렸습니다.

　그때 주리가 현우에게 웃으며 말했습니다.

　"현우야, 많이 긴장돼? 너무 걱정하지 마. 우리 부모님 분명히 너를 마음에 들어 하실 거야. 내 말 믿어. 다 잘될 거야."

　현우는 주리의 말을 듣고 나서야 조금씩 긴장이 풀리기 시작했습니다.

　"내가 그렇게 보였나? 걱정하지 마. 내가 누군데, 이현우잖아!"

　그때 시계가 2시 30분을 가리켰습니다. 현우와 주리는 커피숍을 나왔습니다.

ㅁㅁㅁㅁㅁㅁㅁㅁㅁㅁㅁㅁㅁㅁㅁ

　주리의 집에서는 부모님이 두 사람을 기다리고 있었습니다. 현우가 거실로 들어서자 어디선가 "멍멍!" 짖으며 앙증맞은 강아지 한 마리가 달려왔습니다. 주리가 애지중지하는 '미미'라는 푸들 강아지였습니다.

"처음 뵙겠습니다. 이현우라고 합니다. 아버님, 어머님! 절 받으십시오."

현우는 큰 소리로 인사를 드리고는 주리 부모님께 큰절을 올렸습니다. 절을 하고 나자 주리 아버지가 현우에게 물었습니다.

"그래, 자네 우리 주리와 몇 년 동안 교제했는가?"

"고등학교 때부터 지금껏 만나 왔습니다."

"그렇다면 꽤 오래 사귀었다는 말이군. 자네 대학교는 어디 나왔는가?"

대학교라는 말에 현우는 주눅이 들고 말았습니다. 그동안 대학교를 졸업한 친구들을 보며 얼마나 부러워했던가.

하지만 현우는 계속 주저할 수만은 없었습니다.

용기를 내어 자신 있게 대답했습니다.

"가정형편이 어려워 고등학교를 졸업한 뒤 대학 진학은 포기할 수밖에 없었습니다."

"……."

"지금 자네는 어떤 일을 하고 있는가? 수입은 얼마나 되고?"

현우 옆에 앉아 있던 주리가 아버지의 물음에 끼어들었습니다.

"아빠, 어떻게 사람을 겉모습으로만 판단하세요? 예전에 아버지가 저에게 말씀하셨잖아요. 사람을 볼 때 그 사람의 됨됨이를 보라고 말예요."

"……아니, 얘가……."

현우는 잠시 망설였습니다. 지금 자신이 운영하고 있는 우유 대리점이 남들이 보기에 번듯한 직업이 아니기 때문이었습니다. 하지만 그는 자신이 하고 있는 일에 대해 자부심이 있었습니다.

"현재 조그마한 우유 도매점을 하고 있습니다. 아직 규모는 크지 않지만 열심히 일해서 반드시 크게 성공할 자신이 있습니다."

하지만 현우의 입에서 나온 우유 도매점이라는 말에 주리 부모님의 얼굴 표정이 달라졌습니다. 그 얼굴 표정 속에는 '애지중지 키운 우리 주리를 자네 같은 사람에게 줄 수 없어!' 라는 말이 담겨 있는 것 같았습니다.

현우는 순간, 주리 부모님이 자신의 직업을 마음에 들어 하지 않는다는 것을 알았습니다. 현우는 주리 부모님의 굳은 얼굴 표정을 보고 모든 것이 끝장이라는 생각이 들었습니다.

하지만 이대로 포기할 순 없었습니다.

"아버님, 어머님! 저는 비록 고등학교밖에 나오지 못했지만, 그 누구보다 열심히 살고 있습니다. 그리고 이 세상 어떤 남자보다 주리를 사랑하고 있습니다. 주리를 저에게 주십시오! 절대로 주리를 고생시키지 않겠습니다. 그리고 그 누구보다 행복하게 해줄 자신이 있습니다. 제발 결혼을 허락해주십시오!"

주리 부모님은 기가 막힌다는 표정을 지으며 다른 곳을 응시하고 있었습니다. 얼마간 침묵이 흘렀습니다. 그리고 잠시 후 주리 아버지가 굳게 다물었던 입을 열었습니다.

"하나뿐인 우리 외동딸 주리를 자네에게 줄 수 없네. 자네한테 주리를 보낸다면 분명히 주리는 불행한 삶을 살걸세. 지금 우리 주리와 선을 보겠다는 남자들이 얼마나 많은데…… 그것도 직장 좋고 집 안 좋은 사람들이 말일세. 이것이 부모로서 결혼을 반대하는 이유일세."

주리 아버지는 이 한마디만을 말하고선 방을 나가버렸습니다. 모든 게 끝장이었습니다. 주리는 울며 방금 방을 나간 아버지를 따라나갔습니다. 일순간 현우의 눈에는 아무것도 보이지 않았습니다. 오로지 깜깜한 절망뿐이었습니다. 언제까지나 눈부신 해가 뜨지 않을 것 같았습니다.

□□□□□□□ □□□□□□

그사이 8년이라는 세월이 흘렀습니다.

현우와 주리는 주리 부모님의 반대에 부닥쳐 오랫동안 고통 속에서 지내야 했습니다.

하지만 아무리 심한 고통일지라도 그 둘의 사랑을 갈라놓진 못했습니다.

두 사람은 결혼식을 올리지 않은 채 전세방을 얻어 신혼살림을 시작했습니다. 주리는 현우가 바쁘더라도 시부모님을 찾아뵙고 인사를 드리는 일을 거르지 않았습니다. 그럴 때마다 그들의 결혼을 허락해주시지 않은 부모님이 야속했습니다.

하지만 많은 시간이 흐르고 나자 부모님을 향한 원망과 미움은 눈 녹듯이 녹았습니다.

현우와 주리는 생활이 어느 정도 안정이 될 때까지 아기를 낳지 않기로 했습니다. 두 사람은 10원짜리 하나도 허투루 쓰지 않고 열심히 저축했습니다. 그리고 청약 통장을 만들고 내 집 마련을 위해 누구보다 성실하게 일했습니다. 그들은 3년 뒤 꿈에 그리던 아파트를 장만할 수 있었습니다. 하늘은 스스로 돕는 자를 돕는다고 했던가. 또, 현우가 운영하는 우유 도매점이 장사가 잘되어 다른 지역에 도매점을 하나 더 내게 되었습니다. 주리도 병원에서 친절하고 성실하게 근무한 탓에 수간호사로 승진하게 되었습니다. 두 사람에겐 모든 것이 순조로웠습니다.

그러던 어느 날이었습니다.

주리는 며칠 동안 속이 좋지 않았습니다. 처음에는 음식을 잘못 먹어서 얹혔나 보다 하고 넘겨버렸습니다.

하지만 날이 갈수록 심해져 병원을 찾았습니다. 그런데 진찰을 하던 의사가 갑자기 환하게 웃으며 말했습니다.

"부인, 축하드립니다. 임신입니다!"

의사의 말을 듣는 순간 그녀의 가슴에서 울컥하며 뜨거운 것이 올라왔습니다. 그것은 몇 날 며칠 내리던 비가 그치고 난 뒤 아름다운 무지개를 보았을 때의 기쁨과도 같은 것이었습니다.

현우는 다른 날보다 일찍 집으로 돌아왔습니다. 현관에 들어서자 구수한 청국장 냄새가 가득했습니다. 주방에서는 주리가 음식을 장만하는 분주한 소리가 들려왔습니다.

"어, 내가 제일 좋아하는 청국장 냄새네."

잠시 후 싱크대에서 손을 씻는 소리가 들렸습니다. 주리가 주방에서 나왔습니다. 오늘따라 주리의 허리에 둘러져 있는 앞치마가 너무나 잘 어울렸습니다.

주리는 살짝 웃으며 현우에게 다가와 허리에 팔을 두르며 말했습니다.

"오늘 하루도 수고했어. 우리 자리 배 많이 고프지? 수고한 자리 위해 맛있는 청국장 끓여났어."

두 사람은 식탁에 앉아 이것저것 많이 차려져 있는 저녁을 먹었습니다. 현우는 게 눈 감추듯 맛있게 밥을 먹었습니다. 주리는 현우 맛있게 먹는 모습만 보아도 배가 불렀습니다.

밥을 거의 다 먹었을 때쯤 현우가 말했습니다.

"주리야, 우리 이제 장인어른과 장모님께 인사드리자. 벌써 인사를 드렸어야 하는데 어쩌면 늦었는지도 몰라. 이번 주 토요일에 찾아뵙자."

현우의 말에 주리는 순간 놀랐습니다. 8년 동안 자신의 부모님 얘기를 한 번도 꺼낸 적이 없었기 때문이었습니다. 그리고 다른 한편으로는 그런 현우가 너무 고마웠습니다. 주리는 현우의 눈을 가만히 바라보았습니다. 주리의 눈에 촉촉한 이슬이 내리기 시작했습니다.

"나 쑥스럽게…… 왜 그런 눈으로 봐? 근데, 이 청국장 정말 맛있다. 어떻게 끓인 거야?"

주리는 현우의 두 손에다 자신의 두 손을 얹으며 말했습니다.

"현우야, 나 오늘 속이 좋지 않아 병원 다녀왔는데…… 임신이

래!"

임신이라는 주리의 말에 현우는 벌떡 자리에서 일어나 주리에게로 다가갔습니다. 그러고는 주리를 꼭 안아주며 말했습니다.

"정말 고마워! 정말! 거봐, 내가 그랬지? 비가 그치고 우리에게도 무지개가 뜰 거라고……."

더 이상 참지 못하고 주리는 두 눈에서 눈물을 흘렸습니다.

주리는 금요일 오후에 미리 부모님에게 인사를 드리러 간다고 전화를 드렸습니다. 전화는 어머니가 받았습니다. 어머니의 목소리는 퉁명스러웠습니다.

하지만 그 목소리에는 얼른 주리가 왔으면 하는 마음이 담겨 있는 듯했습니다.

그리고 토요일 아침이 밝았습니다.

현우와 주리는 그 누구보다 행복했습니다. 마음속에 화사한 안개꽃이 만발한 것 같았습니다.

현우는 처음 주리 부모님께 인사를 드리러 갔던 날이 떠올랐습니다.

"아버님, 어머님! 저는 비록 고등학교밖에 나오지 못했지만, 그 누구보다 열심히 살고 있습니다. 그리고 이 세상 어떤 남자보다 주리를 사랑하고 있습니다. 주리를 저에게 주십시오. 주리 고생시키지 않고 손에 물 한 방울 묻지 않도록 아끼겠습니다. 결혼을 허락해주십시오."

정말 현우는 그동안 열심히 살았습니다. 현우 못지않게 주리도 열심히 살았습니다. 세상은 열심히 노력한 그에게 두 사람만의 보금자리를 선물했고, 또 새 생명을 안겨주었습니다. 그리고 운영하고 있는 우유 대리점도 날이 갈수록 번창했습니다. 세상은 정말 노력하는 사람에게 그에 합당한 삶의 선물을 주는 것 같았습니다.

어느덧 주리의 부모님 집에 다다랐습니다.

현우는 초인종을 눌렀습니다.

주리의 어머니 목소리가 흘러나왔습니다.

"누구세요?"

"안녕하세요. 장모님! 저 현우예요."

현우가 큰 소리로 대답했습니다.

곧 대문이 철컹하고 열렸고 두 사람은 집으로 들어갔습니다. 집으로 들어가자 변한 것이 거의 없었습니다. "멍멍" 하고 짖으며 반기던 '미미'가 보이지 않는다는 것만 빼고는.

어머니는 내심 반가움을 감추면서 퉁명스럽게 말했습니다.

"오는구나."

"네, 엄마 그동안 어떻게 지냈어요?"

주리는 어머니에게 다가가 안으며 대답했습니다. 주리의 부모님의 얼굴에는 고랑 같은 주름이 패어 있었습니다. 8년이란 세월이 만들어놓은 흔적이었습니다.

잠시 후 주리의 아버지가 다리가 아픈지 절뚝거리며 큰방에서 나왔습니다.

주리가 먼저 아버지에게 달려가 매달리듯 안으며 큰 소리로 말했습니다.

"아빠! 저 왔어요. 주리가 왔다고요. 아빠, 다리는 왜 그러세요? 다쳤어요?"

주리의 아버지는 한참 동안 주리의 얼굴을 쳐다보다가 입을 열었습니다.

"그래, 이왕 왔으니 방으로 들어가자꾸나."

현우와 주리는 아버지의 이 말 속에서 그동안의 일들을 용서하신다는 것을 느낄 수 있었습니다. 두 사람은 기쁨을 바깥으로 드러내지 않았습니다. 대신 마음속으로 기뻐하고 행복해했습니다.

그날 주리의 부모님은 딸과 사위를 다시 재회한 기쁨 외에 또 다른 선물을 받았습니다. 그것은 주리의 임신 소식이었습니다. 주리의 어머니는 딸이 임신했다는 얘기에 눈물을 흘렸습니다. 옆에 앉은 주리의 아버지도 하나뿐인 딸이 손주를 가졌다는 말에 도저히 눈물을 참을 수 없었습니다. 현우가 처음 인사하러 왔을 때 그랬던 것처럼, 아버지는 다른 곳을 응시하고 있었습니다.

하지만 이번에는 눈에 눈물이 그렁그렁 맺혀 있었습니다. 그것은 용서이고 사랑이었습니다. 현우와 주리는 세상에서 가장 행복한 날을 맞았습니다.

이날 밤, 네 식구는 늦은 밤까지 못다 한 이야기꽃을 피웠습니다. 큰방에서는 주리 아버지와 어머니의 웃음소리가 끊이지 않았습니다. 어느덧 시계가 밤 11시 반을 가리킬 때 어머니는 주리를 불렀습니다. 그러고는 주리를 주방으로 데리고 갔습니다.

어머니는 주리 앞에 싱크대에서 꺼낸 작은 스테인리스 깡통을 내놓았습니다. 주리는 어머니가 무얼 하시려는 걸까, 의아해하는 표정으로 옆에 서 있었습니다.

이윽고 어머니가 말했습니다.

"엄마는 이 서방이 처음 인사하러 왔던 날부터 지금까지 마음이 편한 날이 없었단다. 너희 아버지도 똑같았을 거야. 그땐 부모 된 마음에 네가 좋은 곳에 시집가서 편하게 살길 바랐기 때문이었지. 하지만 지금은 아니야, 지금 이 서방과 네 모습을 보니 너무 기쁘구나."

잠시 후 어머니는 작은 깡통을 주리에게 주면서 말했습니다.

"그동안 나와 너의 아버지는 사랑을 안으로 감추며 살아왔어. 사랑인 줄 알지만 바깥으로 꺼낼 수가 없었기 때문이지. 그러나 앞으로 너희들은 사랑을 바깥으로 꺼내 다른 누군가에게 사랑을 전해주는 삶을 살았으면 한단다."

주리는 어머니에게 받은 작은 깡통을 받아 들고는 집으로 돌아왔습니다. 오늘 밤은 너무나 순식간에 흘러가 버린 강물처럼 시간이 지나가버렸습니다. 밤하늘에는 눈부신 별들이 총총 떠 있었습니다. 참 아름다운 밤이었습니다.

어느덧 20년이라는 시간이 흘러갔습니다.

현우와 주리의 귀여운 딸 민지는 대학생이 되었습니다. 민지는 내일 미팅이 있다며 입가에 연신 미소를 짓고 있습니다. 세월을 이기지 못하고 두 사람의 머리카락에도 흰머리가 보이기 시작했습니다.

하지만 두 사람은 이 세상 어떤 부부보다 행복했습니다. 세상에 더 부러울 것이 없었습니다.

행복이 꽃향기처럼 퍼지던 어느 날이었습니다.

현우는 집으로 돌아오다 우연히 본 꽃집에서 장미꽃 한 다발을 샀습니다. 그는 장미꽃을 기쁘게 받아들 주리를 생각하며 집으로 돌아왔습니다. 마침 주리는 저녁 준비를 하고 있었습니다. 그동안 현우는 주리가 해준 요리를 한 번도 불평하지 않고 맛있게 먹었습니다. 그리고 언젠가 직원들을 식사에 초대했을 때도 직원들은 주리가 장만한 음식이 맛있다며 모두 밥을 두 공기씩이나 비웠습니다.

그때 김 대리가 현우에게 이렇게 말했던 적이 있었습니다.

"사장님은 정말 좋으시겠어요. 이렇게 요리 잘하시는 사모님이 계셔서요. 언제 우리 와이프 데려다가 사모님께 요리 좀 배우라고 해야겠어요."

그런데 언제부턴가, 아니 주리 부모님을 뵙고 나서부터 주리가 작은 깡통 속에서 무언가를 꺼내 음식에 넣는 것을 가끔 보았던 기억이 났습니다. 그는 처음에는 조미료겠지, 라고 생각했습니다.

하지만 오늘 아침 김치찌개를 끓일 때 주리가 작은 깡통에서 고운 가루를 꺼내 김치찌개에 넣는 것을 보았습니다. 주리는 매우 아껴가며 찌개에다 가루를 넣곤 했습니다. 그런데 이 가루를 넣기만 하면 음식의 맛이 일품으로 변했습니다.

현우는 궁금해하며 주리에게 물었습니다.

"대체 그 깡통 속에 뭐가 들어 있길래 음식 맛이 이렇게 좋아?"

주리는 웃으며 이렇게 대답하는 것이었습니다.

"엄마가 우리가 두 번째 인사드리러 갔을 때 나한테 주셨어. 이게 뭐냐면 비밀 요리 재료야."

주리는 이어서 말했습니다.

"아껴서 넣으라고 하셨어. 너무 많이 넣으면 곧 없어진다고 말이야."

현우는 그 작은 깡통에 대체 어떤 조미료가 들어 있기에 이토록 맛있을까 궁금했습니다. 마침 주리가 잠깐 주방을 비운 사이 현우는 작은 깡통을 식탁 위에 내려놓았습니다. 그리고는 조심스레 뚜껑을 열었습니다.

순간 현우는 놀라고 말았습니다.

깡통 속에는 자그마한 메모지 한 장 외에는 그 어떤 것도 들어 있지 않았기 때문입니다. 그는 주리가 오는지 살피며 살며시 메모지를 펴보았습니다. 메모지에는 장모님이 서툴게 쓴 글이 적혀 있었습니다.

〈주리야! 무슨 요리를 하든지 사랑을 넣는 것을 잊지 말아라.〉

현우는 메모지를 처음 접혔던 자국을 따라 접어 다시 통 속에 넣고 뚜껑을 닫았습니다. 그는 그 순간, 여태껏 그녀의 요리가 그렇게 맛있었던 비결이 무엇인지 알 것 같았습니다.

마지막 편지

누군가를 좋아하고 사랑하고 있다면 그 마음을 상대방에게 들킬까 봐 항상 불안합니다. 그래서 언제나 관심이 있는 사람에게는 오히려 무뚝뚝하고 냉랭하게 대하게 마련이지요. 이와 반대로 아무런 관심이 없는 사람에게는 아무 거리낌 없이 편하게 대하게 됩니다.

이처럼 사랑이란 알면 알수록 묘하고 복잡한 감정입니다.

새로운 봄의 시작을 알리는 4월이었습니다.

봄 햇살은 맑고 눈부실 뿐만 아니라 마음까지 따뜻하게 데워줍니다.

하지만 이런 날씨와는 달리 요즘 형철의 마음은 까맣게 타들어가고 있습니다. 어젯밤에는 침대에서 뒹굴다가 새벽녘에 캔 맥주를 하나 마시고서야 겨우 잠을 이룰 수 있었습니다. 형철은 지금 자신이 다니고 있는 의류회사의 디자인실에 근무하는 은정을 좋아하고 있습니다.

그러나 두 사람은 그동안 의례적인 인사를 할 때를 제외하고는 사적으로 얘기를 나눈 적이 별로 없었습니다.

형철은 은정과 회사에서 의례적인 인사뿐만 아니라 간단하게 얘기라도 하고 싶었습니다. 그러나 은정의 외모에서 묻어나는 이미지가 너무나 차가워 섣불리 말을 붙일 수가 없었습니다. 그래도 가끔은 공적인 일로 얘기를 나눌 기회는 있었습니다.

하지만 형철은 자신이 왜 다소 차가워 보이는 분위기의 은정을 그렇게까지 좋아하는지 도무지 이해되지 않았습니다.

은정은 형철의 자리 건너편에 앉아 있었습니다. 그렇기 때문에 형철이 억지로 은정을 보려고 하지 않아도 고개만 들면 일하는 은정의 모습을 볼 수 있었습니다. 은정의 그런 옆모습만이라도 마음 놓고 볼 수 있다는 것이 형철에겐 위안이 되었습니다.

그러던 어느 날이었습니다.

형철은 밀린 업무를 보느라고 평소보다 조금 늦은 시간에 퇴근을 하게 되었습니다. 그는 버스를 타기 위해 승강장으로 걸어갔습니다. 그런데 승강장 근처 벤치에 난처한 얼굴로 앉아 있는 은정의 모습이 보였습니다. 형철은 은정을 보자마자 얼굴이 절로 붉어졌습니다. 그는 고개를 숙인 채 걸었습니다.

하지만 버스를 타기 위해서는 승강장에 서 있어야 했습니다. 그때 형철의 머릿속에는 많은 생각이 교차했습니다.

'어쩌면 지금 이 순간이 은정 씨와 친해질 수 있는 기회가 될 수

있어', '용기를 내 은정 씨에게 차나 한잔하자고 말을 걸어볼까', '아
냐. 괜히 말을 걸었다가 창피만 당할지도 몰라.'

형철은 용기를 내어 은정에게 다가갔습니다. 은정은 난처한 모습
으로 앉아 있었습니다. 다가가 조금 더 자세히 보니 은정의 구두 굽
이 나갔다는 것을 알 수 있었습니다.

형철은 더듬거리며 말했습니다.

"아…… 안녕하세요, 은정 씨. 구두 굽이 나갔나 봐요?"

"네, 그렇게 됐어요."

은정은 형철을 보자 더욱 난처한 표정을 지으며 대답했습니다.

"이 근처에 구두 굽 고치는 집이 있는데 주시면 제가 금방 고쳐다
드릴게요."

"아, 아니에요. 바쁘실 텐데 먼저 가세요. 조금만 더 기다리면 친
구가 데리러 올 거예요."

형철은 왠지 은정의 구두를 직접 고쳐주고 싶었습니다. 좋아하는
사람에게 조그마한 도움이라도 주고 싶었기 때문이었습니다.

"이리 주세요. 제가 금방 갔다 올게요. 조금만 기다리세요."

마침 그날 형철이 갔던 구두 수선집의 문이 잠겨 있었습니다. 그
래서 그는 하는 수 없이 근처에서 구두 수선하는 곳을 찾아 헤맸습
니다. 구두를 고쳐 가져갔을 때 시간은 한 시간이 훌쩍 지나 있었습
니다. 은정은 여전히 벤치에 앉아 기다리고 있었습니다. 그가 고친
구두를 내밀었을 때 은정은 활짝 웃으며 형철에게 고맙다고 말했습
니다.

형철과 은정은 그날 이후로 친해지기 시작했습니다.

아침에 은정이 형철을 보자 먼저 웃으며 "좋은 아침이에요." 하고 인사했습니다. 그러면 형철도 웃으며 인사했습니다. 어느 날 오후에는 은정이 형철에게 직접 자판기에서 커피를 뽑아주기도 했습니다. 형철은 하루하루 회사생활이 즐거웠습니다. 그리고 비록 회사에서였지만 매일 은정을 볼 수 있어 행복하기까지 했습니다.

□ □ □ □ □ □ □ □ □ □ □ □ □ □

어느새 1년이라는 시간이 흘렀습니다.

형철은 좋아하는 감정을 넘어 은정을 사랑하고 있었지만 도무지 표현할 수가 없었습니다. 섣불리 은정에게 사랑한다는 말을 했다가 영영 어색한 사이가 되지는 않을까. 하는 두려움이 앞섰기 때문이었습니다

형철은 은정을 사랑하면 할수록 항상 은정에게 마음에 없는 말만 늘어놓았습니다.

며칠 전이었습니다.

은정이 형철에게 함께 저녁을 먹자고 했습니다. 하지만 형철은 거절하고 말았습니다. 사실 그 말을 들었을 때 형철은 마음속으로 기뻤지만 혹시 실수라도 할까 봐 두려웠기 때문입니다.

그날 그는 집에 돌아와 혼자 취하도록 맥주를 마셨습니다.

형철은 마음속으로 이게 아닌데 하면서도 정작 입으로는 은정을

향한 진심을 털어놓을 수 없었습니다. 그가 은정에게 진심을 털어놓을 수 없는 이유는 사랑하는 감정을 들킬까 봐 조마조마했기 때문이었습니다.

사실 형철은 그동안 살아오면서 누군가와 한 번도 사랑에 빠져 본 적이 없었습니다. 그래서 더욱 두려움이 앞섰습니다.

□□□□□□□□□□□□□□

그러던 어느 날이었습니다.

형철은 부모님의 성화에 못 이겨 맞선을 보게 되었습니다. 함께 근무하던 영수가 은정 곁을 지나치면서 지나가는 말로 "형철아, 오늘 선본다며, 잘되길 바란다."라고 했습니다. 그때 은정은 형철을 돌아보았습니다. 사실 은정도 형철이 자신의 구두를 고쳐주었던 날부터 조금씩 그를 좋아하고 있었습니다.

하지만 그 마음을 표현할 수가 없었습니다. 언제가 형철에게 저녁을 함께하지 않겠냐고 제안했을 때 거절당했기 때문이었습니다. 그날 하루 은정의 마음은 누구보다 착잡하고 무거웠습니다.

형철은 맞선을 본 여자와 잘되고 있는 듯했습니다. 선본 여자가 회사 앞으로 와서 형철을 기다리고 있는 모습을 자주 보았습니다. 여자는 날씬한 몸매에 키도 컸고 세련되어 보였습니다. 형철이 그 여자와 걸어갈 때 동료들은 부러운 시선으로 쳐다보곤 했습니다. 그때 은정은 골목 귀퉁이에 숨어 형철과 그 여자가 걸어가는 모습을 훔쳐

보았습니다.

형철은 며칠 동안 그동안의 은정과의 관계를 생각했습니다. 자신이 은정을 많이 좋아하고 사랑하고 있지만 은정의 마음은 아닌 것 같았습니다. 만약, 자신을 좋아하고 있다면 자신이 선을 본다는 말에 어떤 말이라도 했을 테니까요. 형철은 마음이 괴롭지만 은정을 좋아하는 감정을 접기로 했습니다. 동시에 두 여자를 사랑한다는 것은 사람으로서 할 수 없는 짓이라고 생각했기 때문이었습니다

형철은 은정이 자신을 좋아하지 않는다고 단정 지었습니다. 그동안 자신에게 친절하게 대해주었던 것은 그저 직장동료로서 베푼 마음이 분이라고 생각하기로 했습니다. 이렇게 생각하고 나니 마음이 한결 홀가분했습니다.

찬 바람이 부는 어느 가을날이었습니다. 형철은 회사 사람들에게 청첩장을 돌렸습니다. 청첩장을 받아든 은정의 마음은 바람에 이리저리 나부끼는 낙엽 같았습니다. 은정은 손을 씻으러 가는 척 화장실로 갔습니다. 거울 앞에 서니 자신도 모르게 눈에서 눈물이 주르르 흘러내렸습니다. 그 눈물 속에는 차라리 형철에게 관심이 있다고, 좋아한다고, 사랑한다고 고백할걸, 하는 후회가 담겨 있었습니다.

그다음 날 은정은 형철에게 자신이 직접 예복을 만들어주고 싶다고 말했습니다. 은정은 사랑하는 남자의 예복을 디자인하는 동안 슬픔과 기쁨이 교차했습니다. 은정이 디자인한 예복에는 형철을 사랑하는 그녀의 마음이 담겨 있었습니다.

결혼식 날 형철은 예식장에서 은정이 만들어준 예복을 입었습니

다. 하지만 왼쪽 바지의 길이가 10센티미터가량 짧았습니다. 형철은 짧아서 엉성하게 보이는 예복을 은정의 마음을 생각해서 하는 수 없이 그대로 입었습니다. 형철은 많은 하객들의 축하와 함께 결혼식을 무사히 치르고 신혼여행을 떠났습니다.

□ □ □□□□□□ □ □□□ □□□

그리고 10년이라는 세월이 흘렀습니다.

아내가 옷장 정리를 한다며 내놓은 옷 중에서 형철은 결혼 예복을 발견했습니다. 그 순간 결혼식 날 바지가 짧아 고생했던 기억이 떠올랐습니다. 그리고 그 예복을 자신이 진정으로 사랑했던 은정이 해주었다는 사실도 생각났습니다.

형철은 예복을 가만히 만져보았습니다. 엊그제 같았던 일들이 세월의 흐름을 이기지 못하고 인생의 뒤안길로 밀려나 있었습니다. 형철은 예복을 보며 그날 은정이 몸 치수를 쟀는데 왜 왼쪽 바지 길이를 10센티미터나 짧게 만들었을까, 하고 생각했습니다.

그러곤 바짓단을 만지작거렸습니다. 바로 그때였습니다. 왼쪽 바짓단 속에서 두툼한 무언가가 만져졌습니다. 그는 얼른 가위로 단을 뜯어보았습니다. 그 순간 바짓단 속에서 누렇게 바랜 편지 한 장이 나왔습니다.

형철은 얼른 그 편지를 펴보았습니다.

〈형철 씨의 청첩장을 받고서 내내 마음이 급하게 뛰었습니다. 나는 뛰는 마음을 어찌할 바를 몰라 화장실로 뛰어가서 울었습니다. 그리고 많이 후회했습니다. 내가 형철 씨를 참 많이 사랑한다는 것을 그때서야 깨달았습니다. 늦었지만……. 하지만 지금이라도 나에게 돌아올 순 없나요? 정말 사랑해요!〉

편지 속에는 후회가 가득한 은정의 절규가 담겨 있었습니다.

슈카이브의 깨달음과 지혜

그 누구에게도 의지하지 마라

제2판 1쇄　2026년 2월 13일

지은이　　슈카이브
펴낸이　　권동희
펴낸곳　　아이엠

출판등록　제2022-000043호
주소　　　경기도 화성시 동탄오산로 82
전화　　　070-4024-7286
이메일　　no1_winningbooks@naver.com

ⓒ아이엠(저자와 맺은 특약에 따라 검인을 생략합니다)
ISBN　　　979-11-6415-085-4 (03810)
값　　　　18,000원

이 도서는 《할머니의 검정고무신》의 개정판 도서입니다.